Hefyd ar gael:
Dyddiadur Dripsyn
Dyddiadur Dripsyn 2: Y Brawd Mawr
Dyddiadur Dripsyn 3: Syniad Dwl Dad
Dyddiadur Dripsyn 4: Haf Braf
Dyddiadur Dripsyn 5: Poenau Prifio
Dyddiadur Dripsyn 6: Storm Eira
Dyddiadur Dripsyn 7: Y Gwsberan
Dyddiadur Dripsyn 8: Hen Dro
Dyddiadur Dripsyn 9: Y Trip
Dyddiadur Dripsyn 10: Oes yr Arth a'r Blaidd

DYDDIADUR

Dripsyn

TRWBWL DWBWL

gan Jeff Kinney

addasiad Owain Siôn

NODYN GAN Y CYHOEDDWR

Ffuglen yw'r cyhoeddiad hwn. Mae'r enwau, cymeriadau, lleoedd a digwyddiadau yn gynnyrch dychymyg yr awdur neu wedi eu defnyddio yn ffugiol. Os oes unrhyw debygrwydd i unrhyw berson byw neu farw, damweiniol yw hynny.

Dyddiadur Dripsyn 11: Trwbwl Dwbwl

ISBN 978-1-80416-270-5

Cyhoeddwyd gan Rily Publications Ltd.
Blwch Post 257, Caerffili CF83 9FL

Addasiad Cymraeg gan Owain Siôn
Hawlfraint yr addasiad ©Rily Publications Ltd, 2022

Hawlfraint y testun a darluniau © Wimpy Kid, Inc.
Mae DIARY OF A WIMPY KID®, WIMPY KYD™, a'r cynllun Greg Heffley™
yn nodau masnachu o eiddo Wimpy Kid Inc. Cedwir pob hawl.

Cyhoeddwyd yn wreiddiol yn Saesneg yn 2016 fel *Diary of a Wimpy Kid: Double Down*
a'r gwasgnod Harry N. Abrams Inc Efrog Newydd
(Cedwir pob hawl ym mhob gwlad gan Harry N. Abrams, Inc.)

Cynllun llyfr gan Jeff Kinney
Cynllun clawr gan Chad W Beckerman a Jeff Kinney

Argraffwyd a rhwymwyd ym Mhrydain

CYMYSGEDD
Papur o
ffynonellau cyfrifol
FSC® C023114

Dymuna'r cyhoeddwyr gydnabod cymorth ariannol Cyngor Llyfrau Cymru

I DORIAN

<u>Dydd Mercher</u>

Yn ôl Mam a Dad, dydy'r byd ddim yn troi o 'nghwmpas i, ond weithia dwi'n ama eu bod nhw'n ANGHYWIR.

Pan o'n i'n hogyn bach, mi welais i ffilm am ddyn a'i fywyd o i gyd yn cael ei ffilmio heb yn wybod iddo fo. Roedd y dyn yn enwog ar draws y byd, a doedd ganddo fo ddim SYNIAD.

Wel, ers i mi weld y ffilm honno, dwi 'di bod yn meddwl bod yr un peth yn digwydd i MI.

Ar y dechra, ro'n i'n flin bod fy mywyd i'n cael ei ddarlledu i bawb heb fy nghaniatâd i. Ond dwi'n meddwl ei bod hi'n CŴL bod miliyna o bobl yn dewis gwylio f'anturiaetha i bob dydd.

Weithia dwi'n poeni bod fy mywyd i'n rhy DDIFLAS i fod yn rhaglen deledu, felly bob hyn a hyn dwi'n trio gneud rhwbath diddorol er mwyn diddanu'r gwylwyr adra.

Rhwbath arall dwi'n ei wneud ydy rhoi arwydd cudd i'r gynulleidfa 'mod i'n gwybod y gyfrinach.

Os ydy 'mywyd i'n rhaglen deledu, yna mae'n rhaid bod 'na egwyl hysbysebion. Rhaid eu bod nhw'n cael toriad pan fydda i'n mynd i'r tŷ bach, felly dwi'n cyhoeddi bob tro ar ôl gorffen.

Weithia dwi'n poeni faint o 'mywyd i sy'n REAL a faint ohono fo sy'n FFUG. Achos mae hanner y petha sy'n digwydd i mi mor hurt, dwi'n siŵr bod rhywun ARALL yn rheoli petha.

Os mai ffug ydy o i gyd, y peth LLEIA gall y rhai sy'n trefnu a rheoli popeth ei wneud ydy rhoi gwell straeon i mi.

BE AM "GREG YN CAEL CARIAD"? NEU "GREG YN CAEL BEIC MODUR"? NEU "GREG YN CAEL CARIAD A BEIC MODUR"?

Bob hyn a hyn dwi'n cwestiynu ai pobl GO IAWN ynta ACTORION ydy'r bobl sydd yn fy mywyd i.

Os mai actorion ydyn nhw, dwi'n gobeithio bydd yr hogyn sy'n actio Roli, fy ffrind i, yn ennill gwobr achos mae o'n gneud job wych o actio twmffat.

Ac os mai rhyw foi sy'n cael ei DALU i actio fel ffŵl ydy Rodric, fy mrawd, yna falla na ddylwn i fod mor gas tuag ato fo.

Pwy a ŵyr? Falla ei fod o'n hen foi iawn yn y byd go iawn, ac y byddwn ni'n ffrindia rhyw ddydd.

5

A be os mai actorion ydy DAD A MAM? Dwi'm isio meddwl am hynny.

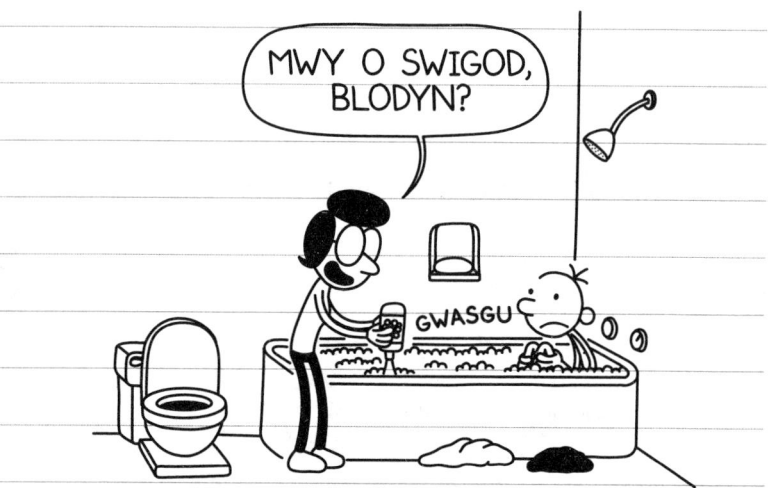

Dwi 'di creu llwyth o gardia Sul y Mamau a Sul y Tadau dros y blynyddoedd. Os mai twyll ydy popeth, yna dylwn i gael fy nhalu am fy holl ymdrech.

A sôn am bres, dwi'n siŵr bod fy rhieni GO IAWN
i'n werth eu ffortiwn, diolch i fi.

Dwi'n trio troi pob carreg i sicrhau y bydda i'n
gyfoethog pan fydda i'n hŷn. Ar y rhan fwya
o raglenni teledu, mae gan y prif gymeriad ryw
ddywediad unigryw ym mhob pennod. Felly dwi
'di creu fy nywediad unigryw fy HUN, a dwi'n ei
ddeud o'n aml mewn sgyrsia.

Fy mwriad i ydy gosod y geiria ar nwydda o bob math a gwylio'r pres i gyd yn llifo i mewn.

Ond UN peth sy'n saff. Dwi ddim am droi yn un o'r hen selebs 'na sy'n gwerthu eu llun a'u llofnod mewn digwyddiada ar faes y Sdeddfod bob blwyddyn i wneud ceiniog sydyn.

Mae pob cyfres deledu yn dod i ben yn hwyr neu'n hwyrach. Ond yn y gyfres ola bob tro mae 'na anifail anwes neu blentyn ciwt yn ymddangos er mwyn trio cynyddu nifer y gwylwyr.

Felly pan gafodd Mani, fy mrawd bach i, ei eni, ro'n i'n grediniol eu bod nhw'n trio cael gwared ohona i fel seren y sioe ac mai Mani oedd yr wyneb newydd, ffres.

DWI'N DALLT YN UNION BE SY'N DIGWYDD!

Ond sut y gall babi newydd-gael-ei-eni fod yn ACTOR? Ro'n i'n meddwl falla mai pyped yn cael ei reoli gan oedolyn yn rhwla oedd Mani.

Ddes i erioed o hyd i dystiolaeth mai dyna oedd y gwir, ond wnaeth hynny mo'n rhwystro i rhag chwilio bob hyn a hyn er mwyn bod yn siŵr.

Wrth i Mani dyfu, daeth hi'n gwbl glir ei fod o'n symud o gwmpas ar ei ben ei hun. Dechreuais i feddwl tybed mai tegan yn cael ei weindio neu ryw fath o ROBOT oedd Mani.

Dyna pryd y dechreuais i feddwl falla mai robotiaid ydy PAWB ac mai fi ydy'r unig fod dynol yn y teulu. Mae robotiaid angen trydan i weithio, a falla mai dyna pam fod 'na ddau neu dri soced ym mhob stafell yn y tŷ.

Mi FASA hynny'n esbonio rhai o sgyrsia fy rhieni pan maen nhw'n meddwl 'mod i ddim yn gwrando.

Os ydy robotiaid yn defnyddio batris, mae hynny'n esbonio pam mae cymaint ohonyn nhw mewn bocs plastig yn y stafell golchi dillad. Dwi'm yn siŵr lle mae'r batris yn FFITIO, ond mi fedra i ddyfalu.

Yr unig ffordd o ddarganfod os oedd aeloda fy nheulu i'n robotiaid oedd drwy daflu dŵr drostyn nhw yn y gobaith y basan nhw'n stopio gweithio. Ond mae'n rhaid bod Dad wedi'i greu i wrthsefyll dŵr – neu'n berson normal sy'n methu cymryd jôc.

Mi ges i 'nghadw yn y tŷ am WYTHNOS bryd hynny. Mae'n siŵr bod gwylwyr y rhaglen wedi cael modd i fyw, ond rhaid bod y niferoedd gwylio wedi gostwng yn ddramatig wedi hynny.

Mae'n siŵr bod siawns mai dim ond hogyn cyffredin yn byw bywyd cyffredin ydw i, ac NAD ydw i'n seren rhyw raglen deledu. Ond mae 'na siawns y galla RHYWUN fod yn gwylio yn rhwla.

Gan fod cymaint o blaneda yn y bydysawd, mae'n RHAID bod rhyw fath o fywyd ar un ohonyn nhw. Yn ôl rhai, tasa arallfydwyr wir yn bodoli basa UFOs yn gwibio drwy'r awyr ddydd a nos. Ond dwi'n meddwl bod arallfydwyr yn GLYFAR, a'u bod nhw'n aros am y cyfle iawn i ymosod.

Maen nhw siŵr o fod yn ein gwylio ni yr eiliad hon, yn casglu gwybodaeth am sut rydan ni'n byw ein bywyda.

Mi fetia i mai dronau yr arallfydwyr ydy pryfed tŷ a'u bod nhw'n cael eu defnyddio i drosglwyddo llunia i'w llonga gofod. Os wyt ti erioed wedi edrych ar lun agos o bryfyn, mae'n amlwg i bawb mai camerâu clyfar ydy'r llygaid.

Dwi'm yn dallt pam mae gan arallfydwyr gymaint o ddiddordeb mewn baw cŵn. Ond rhyngddyn nhw a'u petha, dduda i.

Dwi 'di trio esbonio fy syniada i fy rhieni ac oedolion eraill, ond mae'n gwbl amlwg nad oes neb isio clywed be sydd gan blentyn i'w ddeud. Felly dwi'n achub ar bob cyfle i sicrhau bod yr arallfydwyr yn gwybod fy mod i ar eu hochr nhw.

Dwi'n gobeithio fy mod i'n gywir am y pryfed. Achos os mai MOSGITOS ydy eu dronau nhw, bydd yr arallfydwyr yn ymosod arnon ni'n fuan iawn.

15

A deud y gwir, dwi'n siŵr bod 'na rywun allan yna yn cadw llygad arna i ERIOED.

Ar ôl i fy hen-nain farw, mi ddudodd Mam wrtha i y byddwn i'n gwbl ddiogel gan fod Neini yn gwylio drosta i o'r nefoedd. Mae hynna'n syniad neis, ond dwi ddim gant y cant yn hapus chwaith.

Sdim ots gen i fod Neini yn gwylio drosta i pan fydda i'n sglefrfyrddio neu'n gneud rhwbath 'chydig yn beryglus. Ond ar adega eraill, dwi angen fy mhreifatrwydd.

Yr hyn sy'n fy mhoeni i ydy nad o'n i bob amser yn gwrtais iawn efo Neini pan oedd hi'n fyw. Felly taswn i'n hi, fasa dim OTS gen i tasa rhwbath drwg yn digwydd i mi.

DACH CHI'N OGLEUO FEL ASPARAGWS!

Os ydy Neini'n troi llygad dall pan dwi'n croesi'r stryd, yna fedra i mo'i beio hi.

Dwi'n teimlo BECHOD dros Neini os ydy hi'n gorfod cadw llygad arna i bedair awr ar hugain y dydd. Mi weithiodd yn galed yn y bwyty gydol ei bywyd, felly mae ganddi berffaith hawl i YMLACIO.

Gobeithio ei bod hi'n gorwedd mewn bath llawn swigod yn y nefoedd yn darllen ei nofela rhamantus, yn hytrach na gwylio hen hogyn anniolchgar yn gneud ei waith cartref bob nos.

A pheth ARALL: Os ca' i fynd i'r nefoedd, dwi am dreulio fy holl amser yn nofio mewn pwll anferthol yn llawn fferins, neu'n bwrw-tin-dros-ben yn yr awyr rhwng y cymyla.

Whewch chi byth fy nal i'n gwylio dros ryw or-wyr neu or-wyres nad o'n i prin yn ei nabod.

Yr unig hwyl i'w gael o hynny fasa bod â'r pŵer i'w cosbi nhw tasan nhw'n gneud rhwbath o'i le.

SSAPP!!

Yn ddiweddar, mi ddudodd Mam nad dim ond Neini sy'n gwylio drosta i, ond yr HOLL berthnasa i mi sydd wedi marw.

Pam ddudodd hi hynny wrtha i? Rŵan pan fydda i'n copïo atebion Aled ab Alwyn mewn prawf sillafu, mi fydda i'n teimlo'n llawer mwy euog.

Dwi isio gwybod SAWL cenhedlaeth sy'n gwylio drosta i. Os mai pawb o'r can mlynedd dwytha sydd, mi fedra i ddygymod â hynny. Ond os ydy fy holl goeden deulu yn ôl i'w gwreiddia yn gwylio, yna mae hynny'n fater hollol wahanol.

Achos os oes 'na berthnasa o Oes y Cerrig yn gwylio, maen rhaid nad oes ganddyn nhw'r syniad lleia be dwi'n ei wneud bob dydd.

A bod yn onest, dwi ddim yn gyfforddus bod yr holl bobl yn fy ngwylio i oddi fry. Os ydy perthnasa i mi yn fy ngwylio i'n dod o'r gawod bob dydd neu'n byta fy maw clust, mi fydd yr aduniad a gawn ni maes o law yn un go lletchwith.

<u>Dydd Iau</u>

Mae'n wythnos ffair lyfra yn yr ysgol, a bora 'ma rhoddodd Mam ugain punt i mi ei wario yno.

Ro'n i dan yr ARGRAFF y cawn i ddewis prynu be leciwn i yno, ond mae'n debyg bod Mam yn disgwyl i mi wario'r pres ar LYFRA.

Mae'n anodd cadw at ddymuniad Mam pan mai pensil anferth efo llygaid sy'n symud sy'n dy ddenu di i'w brynu.

Yn ogystal â'r pensil, mi ges i boster o gath yn deud rwbath sarcastig, rhwbiwr siâp panda, cyfrifiannell sy'n goleuo yn y tywyllwch, beiro sy'n sgwennu dan ddŵr, a phensil anferth arall efo llygaid sy'n symud, rhag ofn i fi golli'r cynta neu i rywun ei ddwyn.

Ro'n i'n ama na fasa Mam yn hapus o weld ar be ro'n i wedi gwario'i phres hi, felly mi brynais i io-io efo neges bwysig.

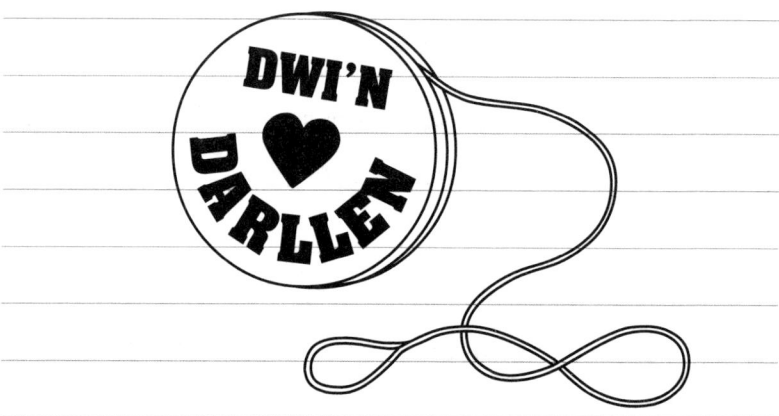

Ond roedd Mam yn gandryll. Felly, mae'n rhaid i mi fynd â'r holl sdwff brynais i heddiw yn ôl a'u cyfnewid nhw fory am lyfra.

Mae'r ymennydd fel cyhyr, yn ôl Mam, ac os nad wyt ti'n ei ddefnyddio fo i ddarllen neu wneud petha creadigol, yna mi fydd o'n gwanhau ac yn crebachu.

Ma hi'n deud bod chwara gemau cyfrifiadur a gwylio'r teledu yn gneud fy ymennydd i'n slwj, ac os caria i 'mlaen i wneud, mi fydda i'n sombi twp am weddill fy mywyd.

Yn ôl Mam, taswn i'n diffodd y teledu ac yn rhoi'r gora i'r gemau cyfrifiadur, mae hi'n bosib y baswn i'n darganfod bod gen i dalent gudd.

Mae o'n syniad da a bob dim, ond bob tro mae Mam wedi trio 'nghael i i wneud petha gwahanol yn y gorffennol, mae popeth wedi mynd o'i le.

Pan gawson ni wersi dysgu barddoni yn yr ysgol gynradd, mi ddangosais i 'ngherddi iddi hi ac roedd hi wedi'i phlesio'n fawr. Mi anfonodd hi gerdd i Llenyddiaeth Cymru i weld be oedd eu barn nhw.

Bythefnos yn ddiweddarach, mi gawson ni lythyr drwy'r post.

LLENYDDIAETH CYMRU

Annwyl Gregori Heffley,

Llongyfarchiadau! Mae dy gerdd, "Haf Hwyliog", wedi'i dewis i fod yn rhan o gyfrol *Cerddi'r Ifanc*, casgliad blynyddol o waith beirdd ifanc mwyaf addawol y genedl.

Roedd Mam wedi GWIRIONI efo'r newyddion, a finna hefyd, rhaid cyfadda. Mi es i i ysbryd bod yn fardd, a dechra gwisgo'n wahanol i fynd i'r ysgol.

Ond doedd *Cerddi'r Ifanc* yn ddim ond JÔC fawr. I ddechra, roedd 'na gannoedd o dudalenna yn y gyfrol, a'r cerddi wedi'u hargraffu mewn print mân, mân. Mi gymrodd hi hanner awr i mi ddod o hyd i 'ngherdd, ac ar ben hynny roeddan nhw 'di sillafu f'enw'n anghywir.

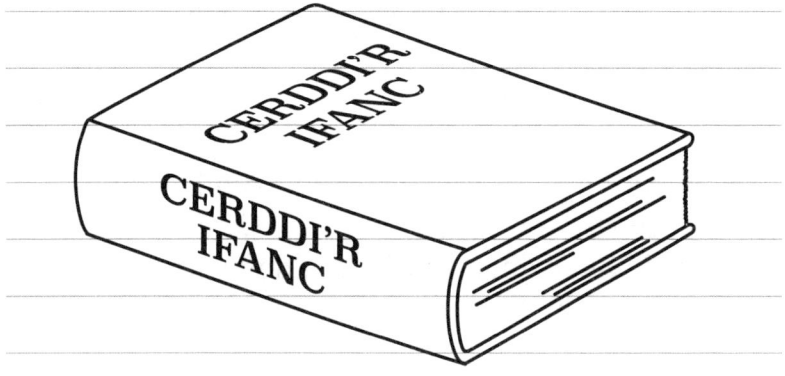

Mi ddarllenais i ambell gerdd arall, ac mi oeddan nhw'n ANOBEITHIOL. Dwi'n siŵr bod y rhan fwya wedi'u sgwennu gan blant pump oed.

Fy Nghrwban
Gan Meleri Hopbren

Mae fy nghrwban
Yn byw yn yr ardd,
Yn cysgu yn ei gragen,
Mae'n andros o hardd.
Ond mae'n pwmpian yn ddrewllyd.

Roedd hi'n amlwg bod UNRHYW UN yn gallu anfon ei gerdd i fod yn rhan o'r llyfr, ac mai honiad celwyddog oedd mai "gwaith beirdd ifanc mwyaf addawol y genedl" oedd yn y gyfrol. Ffordd gyfrwys Llenyddiaeth Cymru o wneud elw drwy godi pres ar bawb i gael gweld eu gwaith mewn PRINT.

Y cwbl dwi'n ei wybod ydy bod Llenyddiaeth Cymru wedi gneud LLWYTH o bres. Roedd Mam wedi prynu deg copi i'w rhoi i wahanol aeloda'r teulu, ac roedd pob copi yn bumdeg punt yr un!

Hefyd, mi brynodd hi gopïa ychwanegol i MI gael eu rhoi nhw i fy mhlant rhyw ddydd.

Roedd Llenyddiaeth Cymru yn parhau i anfon llythyra a ffonio, yn gofyn i ni brynu rhagor o gopïa, ac ymhen hir a hwyr mi gafodd Mam lond bol.

Mae fy nghopïa i o Cerddi'r Ifanc yn y stafell golchi dillad, ond o leia maen nhw'n cael defnydd.

Unwaith y cafodd Mam chwilen yn ei phen 'mod i'n ARBENNIG, wnâi hi ddim rhoi'r gora iddi. Mi driodd hi 'nghael i i fod yn rhan o'r cynllun Mwy Galluog a Thalentog yn yr ysgol hyd yn oed.

Yn yr ysgol gynradd, roedd yr holl blant clyfar yn rhan o'r cynllun Mwy Galluog a Thalentog.

Mae'n rhaid nad oedd yr athrawon am i ni blant cyffredin deimlo'n dwp, felly pan oeddan nhw isio galw'r grŵp Mwy Galluog a Thalentog i gyfarfod, roeddan nhw'n defnyddio côd.

A DDAW HELPWYR MR HALPER I'R FFREUTUR, PLIS?

Mr Halper oedd gofalwr yr ysgol, ac am amser maith ro'n i'n credu mai gwirfoddolwyr yn rhoi help llaw i wagio'r biniau a phetha felly oedd Helpwyr Mr Halper.

Ond ymhen hir a hwyr mi sylweddolais i mai Helpwyr Mr Halper oedd plant clyfra ein dosbarth ni.

Roedd Mam yn grediniol 'mod i'n Fwy Galluog a Thalentog ac mi wnaeth hi bob ymdrech i 'nghael i'n rhan o'r grŵp. Ond roedd yn rhaid i mi wneud PRAWF i brofi 'mod i'n ddigon clyfar.

Dwi'm yn cofio'r prawf o gwbl bron, ond dwi yn cofio un cwestiwn.

Llenwch y bwlch:

Mae Joni'n wych am luosi a rhannu.
Mae Joni'n wych am nofio.
Mae Joni'n wych am ddarllen.
Mae Joni'n _____.

O edrych yn ôl, dwi'n siŵr mai rhwbath arall roedd Joni'n wych am ei wneud y dylwn i fod wedi'i sgwennu. Ond do'n i'm yn lecio'r Joni 'ma, felly mi sgwennais i rwbath gwahanol.

Mae Joni'n __dangos ei hun__.

Er i mi fethu'r prawf yn llwyr, roedd Mam yn gandryll efo'r ysgol gan ei bod hi'n credu 'mod i'n haeddu bod yn y grŵp Mwy Galluog a Thalentog. Ond wir i ti, mae'r plant yna'n wahanol iawn i mi.

Dwi'n andros o falch nad o'n i'n ddigon da i ymuno, achos yn yr ysgol uwchradd, roedd plant fel Aled ab Alwyn yn gorfod colli eu hamser egwyl i helpu'r athrawon i lenwi ffurflenni treth.

Roedd Mam yn siomedig iawn na ches i le efo'r Mwy Galluog a Thalentog, ond rai wythnosa wedyn roedd ganddi newyddion da. Ro'n i wedi fy newis gan yr ysgol i fod yn rhan o glwb arbennig o'r enw "Goreuon" oedd yn cwrdd ddwywaith yr wythnos.

Wel, ro'n i'n edrych ymlaen i gael bod yn rhan o'r Goreuon ond yn nerfus cyn y cyfarfod cyntaf. Ond y cwbl oedd y Goreuon oedd clwb i blant fel fi oedd yn cael trafferth ynganu'r llythyren "R". Roeddan ni'n cwrdd yn y Llyfrgell efo Mrs Preece bob dydd Mawrth a dydd Iau i ymarfer a gwella.

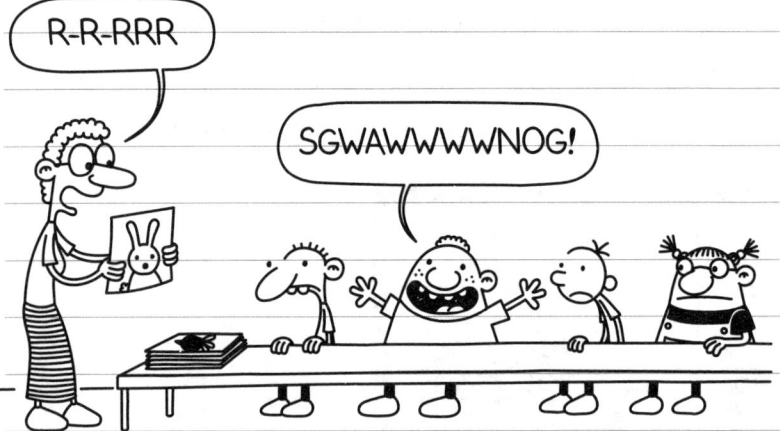

Dwn i'm pwy feddyliodd am yr enw Goreuon, ond rhaid i mi gyfadda, roeddan ni'n meddwl ei fod o'n enw ANHYGOEL.

Yn ystod amser egwyl, roedd y plant eraill yn gneud lle i'r Goreuon.

Yr unig blant oedd ddim yn rhy hoff ohonon ni oedd y Llithrwyr Llythrennau, sef grŵp a oedd yn cwrdd ar ddyddia Llun a Mercher i ymarfer deud "S". Ond dwi'n meddwl mai cenfigennus oeddan nhw gan fod gan ein grŵp ni enw gwell.

CIC

Ro'n i a'r Goreuon eraill yn ffrindia triw, ac ro'n i'n edrych ymlaen i'r cyfarfodydd bob dydd Mawrth a dydd Iau gan eu bod nhw'n hwyl ac yn ddi-drefn erbyn y diwedd.

Ond roedd Mam yn rhwystredig nad o'n i'n gneud unrhyw gynnydd, felly mi dalodd hi am diwtor i weithio efo fi ar ôl ysgol. Ac ar ôl 'chydig fisoedd, ro'n i'n medru ynganu pob R heb broblem.

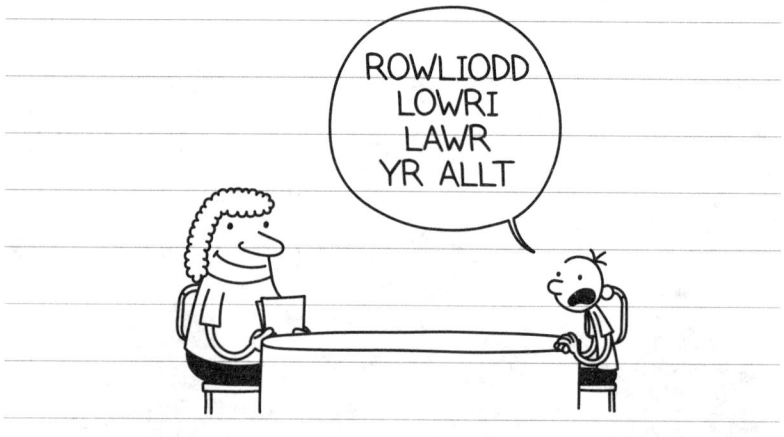

Yn anffodus, roedd hynny'n golygu nad oedd angen i mi fod yn rhan o'r Goreuon rhagor. Mi wnes i ESGUS 'mod i'n methu deud R am rai wythnosa er mwyn cael aros yn rhan o'r clwb. Ond un dydd mi anghofiais i a datgelu'r gwir.

O'r dydd hwnnw, do'n i ddim yn perthyn. Doedd hyd yn oed y Llithrwyr Llythrennau ddim isio fy nghydnabod i.

Mae POB rhiant yn meddwl bod eu plentyn nhw'n arbennig, hyd yn oed pan dydyn nhw ddim. Ac mae petha'n dechra mynd allan o reolaeth.

Gwanwyn dwytha, dechreuodd Mani chwara pêl-droed, ac roedd ei dîm o'n ANOBEITHIOL. Sgorion nhw 'run gôl, a'r timau eraill yn sgorio o leia ddeg bob gêm. Gruffudd Siôn, y gôl-geidwad, oedd ar fai yn treulio'r gemau yn sdwffio gwair i'w fotwm bol.

Ar ddiwedd y tymor, cawson nhw noson wobrwyo. Pan o'n i'n arfer chwara pêl-droed, dim ond y plant yn y tîm BUDDUGOL oedd yn cael tlysa. Ond mae'n rhaid bod rhai rhieni'n poeni y basa'r plant yn y timau anfuddugol yn teimlo'n drist, felly 'leni cafodd PAWB dlws.

Roeddan nhw'n dlysa o safon hefyd. Yn rhai mawr, wedi'u gneud o fetel, nid rhai plastig rhad fel y rhai ro'n i'n arfer eu cael pan o'n i'n fychan. A doedd neb yn fwy balch o'i dlws na Gruffudd Siôn.

Sgwn i fydd y plant yma dan anfantais pan fyddan nhw'n hŷn? Mae'r tlysa pêl-droed 'ma'n bendant yn cael effaith arna I. Bob hyn a hyn, mi fydda i'n ystyried cystadlu mewn rhyw gystadleuaeth yn yr ysgol, ond yn colli diddordeb wrth weld maint y tlysa.

37

<u>Dydd Gwener</u>

Heddiw mi wnes i ddychwelyd y petha ro'n i wedi'u prynu yn y ffair lyfra, ond pan welodd Mam be brynais i yn eu lle nhw, mi fu bron iddi fynd drwy'r to.

Ro'n i wedi'u cyfnewid nhw am lyfra Ias Oer. Mae pawb yn yr ysgol wrth eu bodd efo nhw.

Roedd hi wedi bwriadu i mi brynu llyfra oedd yn fwy "heriol" medda hi, ond doedd gen i'm llawer o ddewis. Gan mai 'chydig wythnosa sydd tan Galan Gaeaf, dim ond y math yma o betha roeddan nhw'n ei werthu.

LLYFRAU DA ☠️FNADWY

Mi faswn i'n mynd cyn belled â deud bod 90% o'r llyfra yn y ffair yn dod o gyfres Ias Oer. Roedd 'na ambell lyfr arall oedd yn trio copïo Ias Oer hefyd. Dwi'm yn siŵr ydy hynny'n gyfreithlon ai peidio, ond dydy o ddim yn teimlo'n iawn i mi.

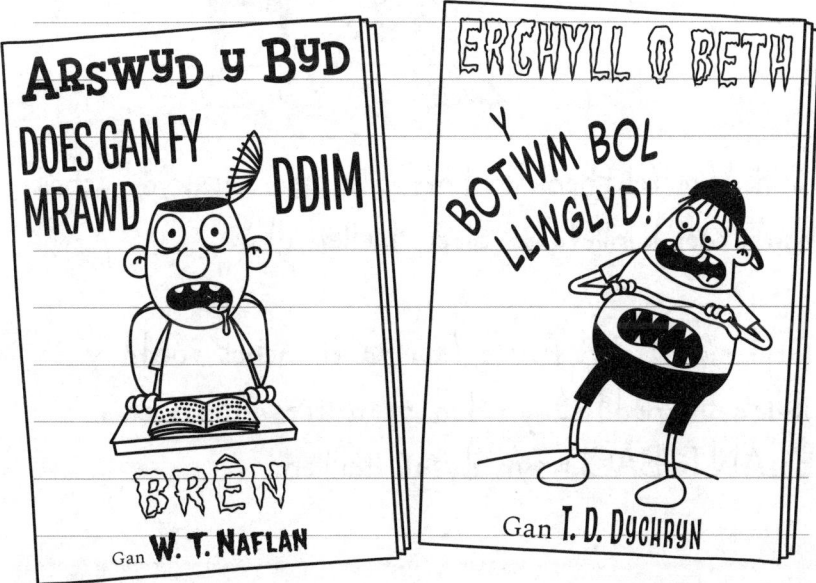

Mae'n teimlo fel tasa'r llyfra arswyd 'ma wedi ymddangos o NUNLLA. Y llyfra poblogaidd dwytha yn yr ysgol oedd cyfres Y Lladron Tronsiau, ond mae'r rheinyn hen hanes erbyn hyn.

A deud y gwir, mi welais i rywun yn cario un o lyfra Y Lladron Tronsiau yn yr ysgol yr wythnos yma, ac mi gafodd o weji anferth gan hogyn o flwyddyn 8.

Dwi ddim fel rheol yn hoff o straeon arswyd, achos dwi'n cael hunllefa ar ôl eu darllen nhw.

Ond mae Roli'n fwy o fabi na fi, achos roedd y llyfra brynodd O yn dod o'r gyfres Ias Oer i BLANT BACH sy'n dysgu darllen.

O leia 'mod i'n ddigon dewr i ddarllen y sdwff GO IAWN. Mae un o'r llyfra brynais i yn sôn am ddyn sy'n cael ei rewi ac yn deffro yn y dyfodol.

Ro'n i'n meddwl mai stori ddychmygol oedd hi, ond mi ddudodd Aron Saunders ei fod o 'di clywed am ddyn cyfoethog sydd am wneud hynny GO IAWN.

Mae Aron wedi gweld eitem newyddion am hen biliwnydd sy'n sâl iawn, ac mae o 'di talu llwyth o bres i gael ei rewi. Yna, ymhen can mlynedd, bydd o'n cael ei DDADREWI. Mae o'n gobeithio y byddan nhw'n gallu gwella pob haint ac afiechyd erbyn hynny fel y gall o fyw am byth.

Mae'r busnes rhewi 'ma yn swnio'n gynllun da i MI. Ac os bydda i'n gyfoethog rhyw ddydd, 'dw inna am wneud yr UNION 'run fath.

Ond dwi ddim am aros nes mod i'n hen fel y biliwnydd yna.

Ti'n gweld, os byddi di'n rhy hen yn cael dy rewi, pan gei di dy ddadrewi yn y dyfodol, mi fyddi di'n rhy flin i gael hwyl.

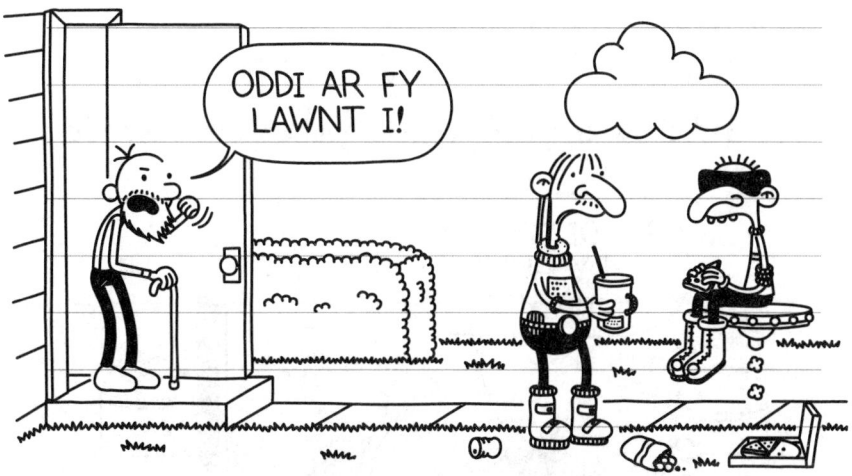

Felly os enilla i'r loteri neu rwbath yn y blynyddoedd nesa, dwi am ddefnyddio'r pres i brynu tocyn unffordd i'r dyfodol i fi fy hun.

Ond dwi'm am sôn wrth unrhyw un am fy nghynllun i. Mae 'na hen sinach yn yr ysgol o'r enw Gwydion Daniel, ac mae'i rieni o'n gyfoethog iawn.

Tasa fo'n cael yr un syniad â fi, mi faswn i'n gorfod diodda ei gwmni fo eto ymhen can mlynedd.

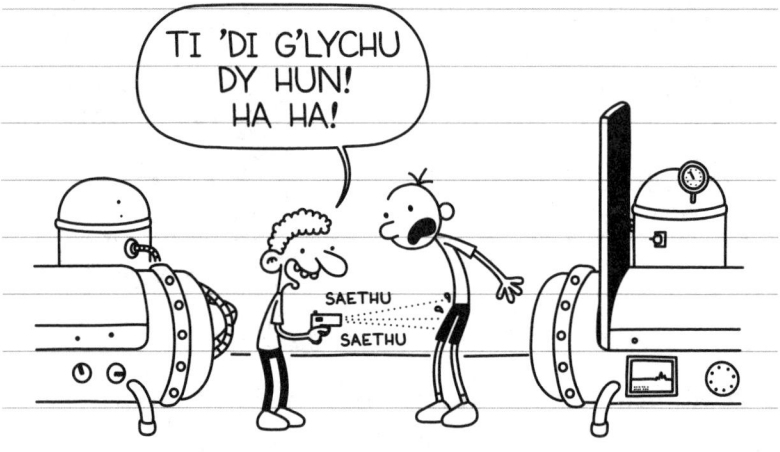

Ond dwi'm yn siŵr os ydy can mlynedd yn ddigon pell i'r dyfodol.

Erbyn hynny dwi'n siŵr y bydd gen i sawl gor-nai neu or-nith y bydd angen eu gwarchod, a dwi'm yn bwriadu gwario'r holl bres 'na ac wedyn treulio fy amser yn newid cewynna.

Dwi'n bwriadu aros wedi rhewi am tua MIL o flynyddoedd, achos mi fydd petha'n ddiddorol IAWN erbyn hynny.

Ond dwi'm isio bod wedi rhewi am yn hirach, achos pwy a ŴYR faint y bydd bodau dynol wedi esblygu erbyn hynny.

Os NA fydda i'n ennill y loteri dros y blynyddoedd nesa, mi fydd yn rhaid i mi ddod o hyd i ffordd ratach. Mi ddudodd Aron Saunders fod pobl sy'n methu fforddio rhewi eu corff cyfan yn gallu rhewi dim ond eu HYMENNYDD.

Dwi 'chydig bach yn nerfus am roi fy ymennydd yn nwylo pobl nad ydw i'n eu nabod. Faswn i'm yn meddwl eu bod nhw'n cael llawer o dâl am eu gwaith a'u bod nhw'n diogi bob dydd, felly dwi'n reit bryderus am safon y bobl fydd yn gweithio yn y llefydd rhewi yma.

Ar ôl i dy ymennydd gael ei ddadrewi, mi fyddan nhw'n ei osod o mewn corff robot mae'n siŵr, ac mi fydd hi'n anodd dod i'r arfer â hynny.

Ond os galla i gynilo digon o bres, dwi am rewi fy HOLL gorff a'i wneud o'n IAWN. Achos os dewisa i'r opsiwn rhata, dim ond difaru faswn i.

<u>Dydd Sadwrn</u>

Dim ond 'chydig wythnosa sydd tan Noson Calan Gaeaf, ac mi wnes i a'r teulu dreulio bora heddiw yn addurno ffrynt y tŷ.

Ers talwm roeddan ni'n cadw petha'n reit syml efo 'chydig o we pry cop, ambell jac lantar a phry copyn plastig neu ddau. Ond fwya sydyn, dyma'r cymdogion yn dechra mynd dros ben llestri efo'u haddurniada nes bod ein tŷ ni'n edrych yn druenus.

Felly llynedd, mi roddodd Mam bedwar deg punt i Rodric fynd i brynu mwy o sdwff i addurno tŷ ni.

Ond mi wariodd Rodric y cwbl ar hen wrach blastig erchyll oedd yn gneud sŵn.

Os wyt ti'n clapio neu'n gneud sŵn uchel, mae'r wrach yn cecian chwerthin am HYDOEDD. Yna mae ei chorff hi'n crynu a'i llygaid hi'n goleuo'n goch.

Ond mae pwy bynnag ddyfeisiodd y wrach wedi gosod y sain yn rhy uchel, a does dim modd ei thawelu. Rhaid i ti aros i'r wrach fynd drwy ei sioe i gyd, ac mae hynny'n cymryd dau funud cyfa.

Mi wnaethon ni ei hongian uwch drws y ffrynt llynedd, ond roedd gan y plant bach ormod o'i hofn hi, a'r unig rai a alwodd am tric-neu-trît oedd ambell arddegwr ar ôl deg o'r gloch.

Y diwrnod ar ôl Calan Gaeaf, cadwodd Dad y wrach ar silff yn y seler, a dyna lle mae hi 'di bod ers hynny. Ond mae hi 'di llwyddo i achosi PROBLEMA hyd yn oed wedyn.

Mae'r wrach yn sensitif IAWN i unrhyw sŵn, ac weithia mi fydd y sŵn lleia' yn gneud iddi ddechra cecian yn uchel, er bod y sŵn ar lawr gwahanol.

Ac i wneud petha'n WAETH, mae gan y wrach ei meddwl ei hun, achos weithia mi wneith hi ddechra cecian heb i unrhyw un wneud SIW NA MIW. Mae fy ffrindia 'di'i heglu hi am adra ganol nos o'i hachos hi.

Dwi 'di trio perswadio Mam a Dad i gael gwared
ohoni, ond mae Dad bob amser yn deud wrtha i am
beidio bod yn gymaint o fabi clwt gan mai dim ond
tegan plastig ydy hi.

Ond roedd Mam 'di cael digon hefyd ar y wrach yn
cecian yn annisgwyl, a 'chydig wythnosa yn ôl mi
anfonodd hi Dad i'r seler i dynnu'r batris ohoni, ac
mi wnaeth.

Oherwydd be ddigwyddodd NESA, dwi ddim 'di bod
i lawr yn y seler ers y noson honno.

Yn anffodus mae fy holl wisgoedd Calan Gaeaf i i
lawr yn y seler. Felly os na fydd Mam yn fodlon
prynu gwisg NEWYDD i mi, fydda i ddim yn mynd
o gwmpas yr ardal ar noson Calan Gaeaf 'leni.

<u>Dydd Sul</u>
Wel, mae'r holl waith wnaethon ni'n addurno ar
gyfer Calan Gaeaf wedi mynd yn ofer.

Mi ymosododd haid o wyddau ar bob jac lantar yn
ystod y nos gan adael ANDROS o lanast.

Bob hydref, mae haid o wyddau gwyllt yn dod i'n
tref ni ar eu ffordd i wlad gynnes i dreulio'r gaeaf.
Fel arfer maen nhw'n gadael eu baw ar hyd y cae
pêl-droed a'r parc, ond oni bai am hynny maen
nhw'n gwbl ddiniwed.

Ond 'leni, am ryw reswm, maen nhw'n ymosodol
IAWN tuag at bobl.

Dros yr wythnosa dwytha maen nhw wedi bod yn rhedeg ar fy ôl i a Roli bob dydd ar y ffordd adra o'r ysgol.

Ac nid dim ond ar BLANT maen nhw'n trio ymosod chwaith. Bob tro mae Dad yn mynd i nôl y post, mae'n rhaid iddo fo fod yn barod am frwydr.

Mae Dad isio ffonio'r Cyngor i gael gwared â'r gwyddau, ond dydy Mam ddim yn fodlon.

Yn ôl Mam, mae gwyddau wedi bod yn heidio i'n tref ni ers miloedd o flynyddoedd, a NI sy'n amharu ar eu bywyda NHW mewn gwirionedd.

Does gen i'm byd yn erbyn anifeiliaid, cyn belled â'u bod nhw'n cadw'u pellter. Ond os na wnawn ni rwbath, dim ond trwbl sydd o'n blaena ni.

Yn ôl fy athro gwyddoniaeth i, anifeiliaid gwyllt oedd cŵn 40,000 o flynyddoedd yn ôl, fel bleiddiaid heddiw. Rhaid eu bod nhw wedi gweld ein tanau cynnes a'n hogofâu cysurus ni ac isio ymuno. A'r cwbl fu'n rhaid iddyn nhw ei wneud oedd ysgwyd eu cynffon a gneud ambell dric.

Mae bywyd yn NEFOEDD i gŵn y dyddia yma. Mae pobl yn gwario ffortiwn yn prynu'r bwydydd gora a'r gwlâu mwya cyffordddus iddyn nhw.

Dwi'n siŵr bod pob blaidd yn difaru ei enaid na wnaethon NHW fwy o ymdrech i ddod yn ffrind penna dyn ganrifoedd yn ôl.

Dydy CATHOD ddim yn dwp chwaith. Yr haf dwytha mi ddechreuodd Mrs Ffredric sy'n byw fyny'r stryd fwydo cath wyllt yn ei gardd, a daeth MWY o gathod yn ei sgil hi i chwilio am fwyd bob nos. Erbyn hyn mae'r cathod yn llenwi ei thŷ hi, ac mi werthodd ei char yn ddiweddar er mwyn gallu fforddio parhau i'w bwydo nhw i gyd.

Mae 'na ddigon o broblema efo'n hanifail anwes NI, sef MOCHYN. Yn bersonol, dwi'n meddwl y dyla fo fyw mewn twlc neu sied yn yr ardd, ond yn lle hynny mae o'n byw yn y tŷ efo NI. Mae o'n defnyddio'r un bath â fi, a dwi 99% yn siŵr ei fod o wedi bod yn defnyddio fy MRWSH DANNEDD i.

Ac mae o'n fochyn CLYFAR, sy'n fy nychryn i braidd.

A deud y gwir, dwi'n meddwl ei fod o'n trio CYFATHREBU efo ni. Roedd gan Mani degan o'r enw "Llun-a-Llais", lle rwyt ti'n tynnu'r llinyn ac mae o'n deud gair.

Rywsut, mi ddalltodd y mochyn sut i DDEFNYDDIO'r Llun-a-Llais, ac unwaith neu ddwy mae o wedi llwyddo i greu brawddeg gyfan.

Dwi 'di bod yn meddwl am y posibilrwydd o gydweithio efo'r mochyn. O be dwi'n ddallt, mae moch yn gallu arogli 2,000 gwaith yn well na phobl. Mi alla'r dalent honno fod yn ddefnyddiol iawn.

Bob blwyddyn, ymhell cyn Calan Gaeaf, mae Mam yn prynu fferins i'w rhoi i'r rhai sy'n galw ar y noson, ac mae hi'n cuddio'r fferins yn rhwla. Dwi 'di chwilio pob man drwy'r tŷ, ond heb lwc hyd yn hyn. A dydy'r mochyn yn helpu dim.

Mae'r amser yma o'r flwyddyn yn ARTAITH i blentyn. Mae llawer o hysbysebion fferins ar y teledu, ac mae fferins YM MHOB MAN yn y siop gornel a'r archfarchnad.

Ac mae Mam wedi deud na cha' i unrhyw fferins tan noson Calan Gaeaf. Creulon ta be?

Ond falla 'mod i 'di meddwl am ffordd o gael gafael ar fferins CYN Calan Gaeaf. Mae'r ysgol yn cynnal cystadleuaeth o'r enw "Brwydr y Balwnau" bob mis Hydref.

Mae pob disgybl yn cael balŵn heliwm, a bydd pawb yn gollwng eu balŵn yr un pryd. 'Dan ni'n clymu cerdyn bach efo'n henw a'n cyfeiriad arno fo, a phan fydd rhywun yn dod o hyd i'r falŵn maen nhw i fod i'w hanfon hi yn ôl.

BRWYDR Y BALWNAU!

ANFONWCH Y FALŴN HON YN ÔL I'R CYFEIRIAD AR GEFN Y CERDYN OS GWELWCH YN DDA, GAN GOFIO NODI PA MOR BELL Y TEITHIODD HI!

Mae gan yr ysgol fap mawr ar yr hysbysfwrdd wrth y Llyfrgell, a phan mae plentyn yn dychwelyd balŵn, mae Mr Roy y Dirprwy yn defnyddio llinyn a phin bawd i nodi pa mor bell y teithiodd hi.

Ar ddiwedd yr wythnos mae o'n mesur pa falŵn deithiodd bellaf, a bydd y plentyn hwnnw'n ennill GWOBR.

Llynedd, teithiodd balŵn Eiri Roberts Davies 43 milltir, ac mi enillodd hi docyn llyfr gwerth tri deg punt i'r ffair lyfra.

Ond 'LENI, y brif wobr ydy jar anferth o fferins, ac mae hi'n isda ar ddesg Mr Roy y Dirprwy yn ei swyddfa rŵan hyn.

Mae'r ysgol yn rhoi côd ar bob balŵn fel na fedrith unrhyw un dwyllo a phrynu balŵn arall o siop.

Does 'na neb erioed wedi anfon un o fy malŵns i yn ôl. Rhaid i mi wneud yn SIŴR fod pwy bynnag ddaw o hyd i f'un i ddim yn ei hanwybyddu hi, felly dwi wedi sgwennu llythyr tair tudalen o hyd yn y gobaith y ca' i ymateb.

Achos os oes yna fferins yn wobr, dwi isio ennill.

I bwy bynnag ddaw o hyd i'r falŵn hon:

Plentyn unig ydw i, heb unrhyw ffrindiau. Dwi'n gobeithio bod y falŵn hon wedi dod i ddwylo person caredig a fydd yn llonni fy mywyd drwy ymateb i'r llythyr hwn.

Dydd Llun

Ar ôl cinio heddiw, aethon ni i gyd allan efo'r athrawon ar y cwrt pêl-fasged yn barod i ddechra Brwydr y Balwnau. Dwi dal yn teimlo'n nerfus wrth roi fy nhroed ar y cwrt, achos dyna lle roedd y Caws yn byw am dros flwyddyn a hanner. Mae staen y Caws i'w weld yno o hyd.

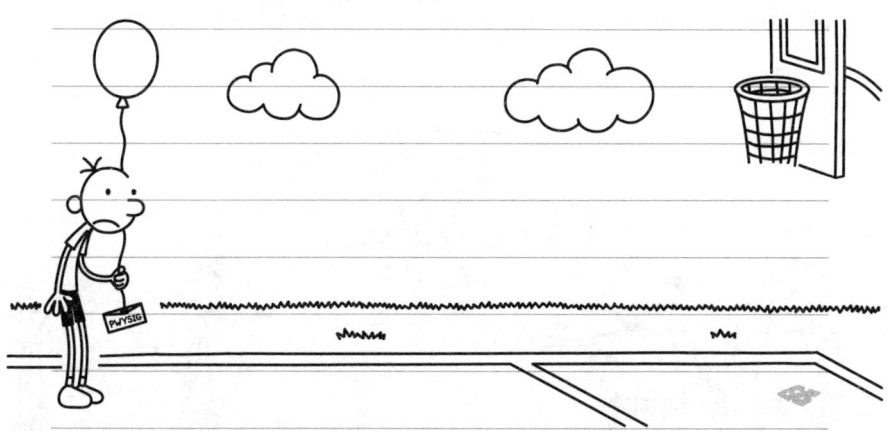

Mae amser maith ers y cyfnod pan oedd y Caws yn codi braw yn ein hysgol ni, ond dwi'n meddwl bod rhai pobl yn LECIO bod ag ofn. Mae plant wedi trio atgyfodi Cyffyrddiad y Caws sawl gwaith, ond mae'r athrawon yn wyliadwrus achos dydyn nhw'm isio gorfod delio efo'r nonsens yna byth eto.

Llwyddodd rhywun i sleifio darn o gig i'r cwrt un amser egwyl, ond doedd Cyffyrddiad yr Ham Cartref ddim yn taro deuddeg rywsut.

Ond mae 'na rywun yn trio dechra rwbath O HYD.
A'r seddi yn y Neuadd ydy'r chwiw ddiweddara.

Mae pob cadair yn goch oni bai am UN, mae
honno'n felyn a'i choes hi 'di torri. Mae'n debyg bod
rhyw blentyn wedi pî-pî arni yn ystod gwasanaeth
syrffedus o hir fis dwytha. Ac os nad wyt ti'n
canolbwyntio ac yn digwydd isda ar y gadair felen,
yna chlywi di mo'i diwedd hi am weddill y tymor.

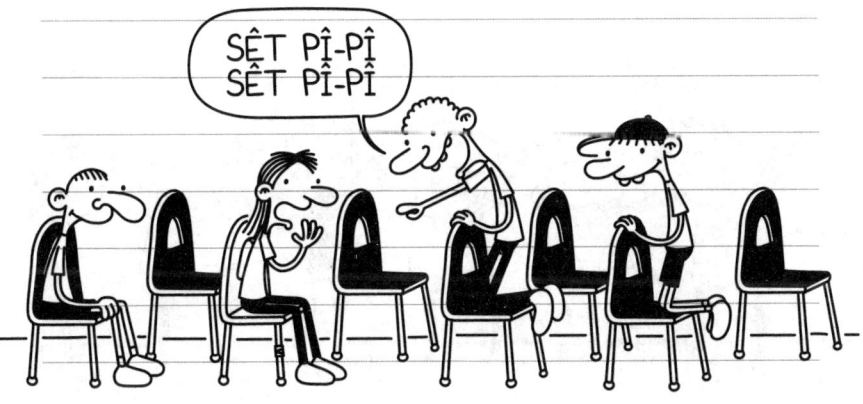

SÊT PÎ-PÎ
SÊT PÎ-PÎ

Mi ddyla pawb fod yn hapus bod dyddia
Cyffyrddiad y Caws wedi hen fynd a rhoi'r gora
i drio creu rhwbath newydd yn ei le fo. Achos y
peth ola rwyt ti ei angen yn yr ysgol uwchradd
ydy RHAGOR o betha i boeni yn eu cylch.

Heddiw, mi gyfrodd Mr Roy y Dirprwy i lawr o
ddeg ac yna gollyngodd pawb eu balŵns. Mae'n
rhaid i mi gyfadda, roedd hi'n gyffrous cael eu
gwylio nhw i gyd yn codi i'r awyr efo'i gilydd.

Ond wnaeth y cyffro ddim para'n HIR.

Mi hedfanodd y balŵns i gyd bron i mewn i'r mast
ffôn symudol sydd newydd ei godi ar y bryn ger y
cae pêl-droed, heb fynd dim pellach.

Yn lwcus, roedd 'na fwy o bwysa ar fy malŵn i oherwydd y llythyr, felly mi hedfanodd o DAN y mast, uc yna uwchben y coed yr ochr arall.

Dwi'm yn meddwl bydd fy malŵn i'n hedfan cyn belled ag yr aeth un Eiri Roberts Davies, ond does dim ANGEN iddi. Cyn belled ag y daw rhywun o hyd i'r falŵn a'i hanfon hi'n ôl, FI fydd pia'r fferins.

Gobeithio mai sgwennu wnân nhw ac nid ffonio. Mi rois i rif ffôn Mam ar waelod y llythyr, ond mae hi am gymryd rhai dyddia iddyn nhw drwsio'r mast fel y bydd gan bawb yn y dre signal eto.

<u>Dydd Mercher</u>

Dau ddiwrnod wedi pasio, a dim sôn am fy malŵn i. Dwi'n dechra poeni. Mae'r gystadleuaeth yn dod i ben ddydd Llun, ac os na fydd unrhyw falŵn wedi dod i'r fei erbyn hynny, dwi'n siŵr y bydd Mr Roy y Dirpwy yn cadw'r fferins iddo'i HUN.

Dwi 'di bod yn cael trafferth canolbwyntio mewn gwersi yn ddiweddar, ond dydy'r gwaith cartref heb fod yn anodd, diolch byth. Y gwaith cartref Cymraeg oedd sgwennu cerdyn proffil awdur enwog, felly dewisais i'r boi Ias Oer.

Ond wedi chwilio, does 'nam llawer o wybodaeth amdano fo. A deud y gwir, roedd yr holl wybodaeth y des i o hyd iddi yn dod o'r broliant ar gefn y llyfra.

Pwy yw GINNI OVAN?

Mae llawer o ddirgelwch ynghylch Ginni Ovan. Y cwbl y gallwn ei ddatgelu yw ei fod wrthi'n brysur yn ysgrifennu rhagor o lyfrau yn y gyfres Ias Oer!

Felly, gan nad o'n i'n gallu dod o hyd i fawr ddim gwybodaeth am Ginni Ovan, ro'n i 'di gorffen llenwi'r proffil awdur mewn tua dau funud.

PROFFIL AWDUR

ENW'R AWDUR: Ginni Ovan

DYDDIAD GENI: ???

MAN GENI: ???

DIDDORDEBAU: ???

ADDYSG: ???

FFEITHIAU DIDDOROL
AM YR AWDUR:
                    ???

Efo enw fel Ginni Ovan, mae'n rhaid nad oedd gan yr awdur DDEWIS ond sgwennu nofela arswyd.

Ond dwi'n difaru dechra darllen y llyfra Ias Oer 'ma. Achos unwaith rwyt ti'n dechra eu darllen nhw, mae'n anodd rhoi'r GORA iddi. Ac mae'n nhw'n dechra effeithio ar fy mywyd i bob dydd.

Doedd mynd at y deintydd ddim yn llawer o hwyl cynt, ond ar ôl darllen rhif 67 yn y gyfres Ias Oer, mae hyd yn oed yn WAETH.

Dwi 'di benthyg pob llyfr Ias Oer o'r llyfrgell, a dwi hyd yn oed wedi benthyg rhai o'r gyfres Ias Oer i Blant ar ôl hynny.

Ac fel ro'n i wedi rhagdybio, mae'r llyfra wedi dechra gneud i mi gael hunllefa. Mae rhif 71 yn y gyfres am hogyn yn datblygu cynffon madfall ac yn trio'i chuddio hi rhag ei deulu a'i athrawon.

Ias Oer #71

y

CYNFFON GREULON

GAN **GINNI OVAN**

Mae'r llyfr hwnnw wedi 'nychryn i, a'r noson y darllenais i o, mi ges i freuddwyd fy mod inna wedi tyfu cynffon.

A deud y gwir, mi ddechreuodd y freuddwyd yn DDA, achos mae 'na ambell beth hwyliog y galli di ei wneud efo cynffon.

LLRRRP

TARO

Yn y freuddwyd, doedd gen i'm cwilydd, ro'n i'n
FALCH o 'nghynffon. Ac ro'n i'n ei defnyddio hi er
mantais i mi.

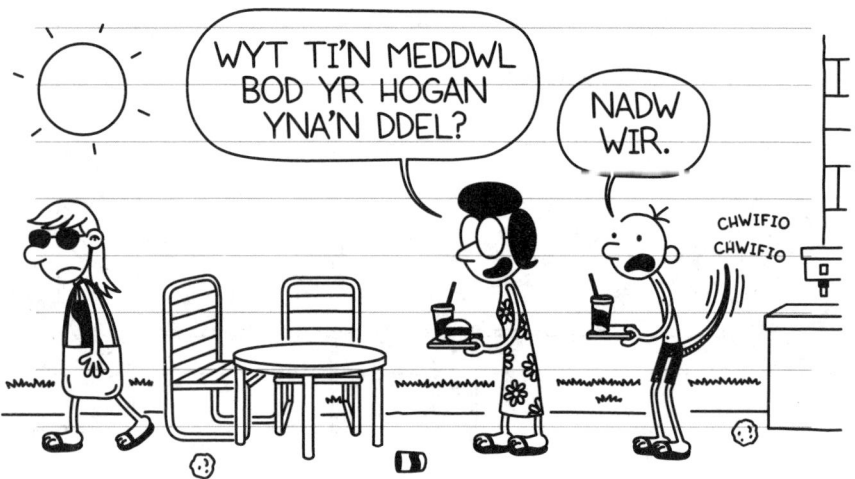

DRIBLO
DRIBLO

Yr unig anfantais oedd bod pawb yn gallu deud os
o'n i'n cyffroi.

WYT TI'N MEDDWL
BOD YR HOGAN
YNA'N DDEL?

NADW
WIR.

CHWIFIO
CHWIFIO

Yna, fwya sydyn, trodd y gynffon yn BROBLEM. Roedd pawb yn genfigennus ohoni, a'r peth nesa, ro'n i'n cael fy hela fel taswn i'n rhyw fath o anghenfil.

I BLE'R AETH O?

Mi redais am fy MYWYD a dianc drwy ffenest, a rhedodd trigolion y dref ar f'ôl i drwy'r ganolfan siopa. Bron i mi lwyddo i ddianc, ond aeth fy nghynffon i'n sownd yn y grisia-symud.

Mi faswn i'n taeru 'mod i wedi'i deimlo fo'n digwydd go iawn, ac mi ddeffrais i.

Ac roedd y freuddwyd mor real mi gynnais i'r gola i wneud yn siŵr NAD oedd gen i gynffon. A rhaid i mi gyfadda, ro'n i fymryn yn siomedig nad oedd gen i un.

Nid dyna'r UNIG hunllef dwi 'di'i chael ar ôl darllen y llyfra chwaith.

Y noson o'r blaen mi ges i freuddwyd 'mod i 'di cael fy nal gan fôr-ladron oedd yn sombis a'u bod nhw'n fy ngorfodi i i gerdded y planc. Am ryw reswm, ro'n i'n ailadrodd pennill gwirion.

CAM YMLAEN, UN, DAU, TRI, PLOP, PLOP, PLOP, I MEWN Â FI!

Ond, ro'n i'n ei ddeud o'n UCHEL, felly rŵan mae gan Rodric fideo ohona' i'n siarad yn fy nghwsg.

CAM YMLAEN, UN, DAU, TRI, PLOP, PLOP, PLOP, I MEWN Â FI!

Weithia mae fy mreuddwydion i mor wirion, dwi'n GWYBOD 'mod i mewn hunllef. A phan mae hynny'n digwydd, dwi'n trio deffro.

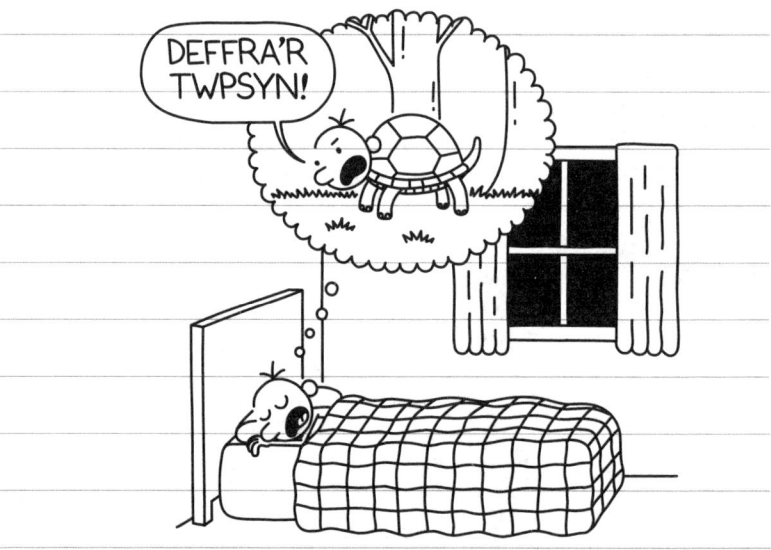

Ar adega eraill dwi'n MEDDWL 'mod i mewn hunllef pan dwi DDIM. Yna pan dwi'n trio deffro fy hun, dwi'n sylweddoli bo fi ddim yn cysgu.

Mae gan Mam lyfr sy'n esbonio ystyr breuddwydion, ac mae o'n ddiddorol iawn a deud y gwir. Mae'n debyg bod yna ystyr ddyfnach i bob dim sy'n digwydd yn dy freuddwydion di.

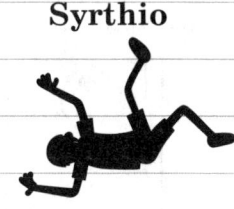

Syrthio

Mae breuddwydio am syrthio yn cynrychioli eich ofn o golli rheolaeth ar fywyd. Gall hefyd olygu bod ag ofn nad oes gennych ddigon o amser i gyflawni popeth.

Yn ôl y llyfr mae breuddwydio am gynffon yn golygu bod gen i gwilydd o rwbath sydd 'di digwydd yn y gorffennol. Ac mae breuddwydio am fôr-ladron yn golygu 'mod i'n poeni nad ydw i'n ffrind da.

Y noson o'r blaen mi ges i freuddwyd bod fy nannedd i gyd yn rhydd, ac arwydd ydy hynny 'mod i'n poeni am fynd yn hŷn, sy'n wir.

77

Ond mi gymerith hydoedd i mi drio gneud na thin na phen o freuddwyd NEITHIWR, achos roedd honno'n honco bost.

MWSTARD AR FY MEIPAN, PLIIIIIS!

Dydd Iau

Dewis gwirion oedd dewis awdur Ias Oer fel gwaith cartref Cymraeg. Roedd bron PAWB yn y dosbarth wedi dewis Ginni Ovan, a lwyddodd NEB i ddod o hyd i wybodaeth amdano fo. Dwi'n meddwl bod ein hathrawes ni, Mrs Macey, yn meddwl ein bod ni'n trio bod yn ddigri, felly mi gadwodd hi ni i mewn bob amser egwyl nes ein bod ni wedi ail-wneud y dasg yn iawn.

Dwi'n meddwl mai'r rheswm pam y gwylltiodd Mrs Macey oedd am fod pawb yn gneud adolygiad llyfr o gyfres Ias Oer bob tro.

Wythnos dwytha mi ddewisodd o leia bum disgybl yr un llyfr i'w adolygu, ac mi fu bron i hynny yrru Mrs Macey yn wallgo.

Ond mi gyrhaeddodd hi ben ei thennyn pan wnaeth Helen Gwilym gyflwyniad ar "Yr Ymennydd â'i Feddwl ei Hun". Daeth Helen ag ymennydd ffug wedi'i wneud o jeli efo hi, ond mi ollyngodd hi fo ar lawr, ac mi lewygodd dau blentyn.

Mae 'na rai rhieni yn gwrthwynebu'r llyfra Ias Oer hefyd. Mi glywais i fod tad Tecwyn Morus wedi cyhoeddi yn y cyfarfod rhieni ac athrawon yr wythnos dwytha ei fod o isio gwahardd y llyfra am eu bod nhw'n hybu PAGANIAETH.

Mae'n debyg fod Mr Morus wedi dal Tecwyn yn ymarfer "dewiniaeth ddu" yn y garej, ac roedd o'n beio llyfra Ias Oer.

Ond dim ond ymarfer tricia hud a lledrith ar gyfer sioe dalent yr ysgol oedd Tecwyn, mae'n debyg.

Dwi wir yn gobeithio na chaiff y llyfra Ias Oer eu gwahardd, achos dyna'r unig beth sy'n cadw fy sgôr profion darllen i'n weddol uchel.

Mae'n rhaid i ni ddarllen pymtheg llyfr cyn diwedd y flwyddyn, ac mae fy rhai i i GYD o'r gyfres. Rydan ni'n gorfod gneud prawf aml-ddewis ar y cyfrifiadur i brofi ein bod ni wedi'u darllen nhw.

Dwi 'di cael 100% ym mhob prawf hyd yn hyn, sy'n profi 'mod i 'di bod yn canolbwyntio wrth ddarllen y llyfra.

CWESTIWN 12

Pwy wnaeth y Cnowyr Creulon ei fwyta?

- ○ Mam
- ○ Elis y babi
- ○ Dad
- ● Pob un ohonyn nhw

Pan es i adra, mi ddudis i wrth Mam bod Mrs Macey yn ein gorfodi ni i ail-wneud y proffil awdur, ac nad oedd gen i syniad be i'w wneud.

Mi ddudodd Mam mai'r rheswm nad o'n i wedi dod o hyd i wybodaeth am Ginni Ovan oedd am nad ydy o'n BERSON go iawn.

Mi ddudis i wrthi fod hynny'n hollol hurt achos mae'r dyn wedi sgwennu bron 200 o lyfra. Ond yn ôl Mam, weithia mae cyhoeddwyr yn creu awdur ffug ac yna'n talu i lwyth o bobl sgwennu llyfra o dan enw'r awdur hwnnw.

Os ydy hynny'n wir, dwi 'di cael fy nhwyllo. Ond mae'n waeth ar ROLI, achos mae o 'di gwastraffu amser yn sgwennu llythyr i Ginni Ovan.

Annwyl Mr Ovan,
Dwi am i chi wybod fy mod i'n ffan enfawr. Ond y rheswm pam dw i'n ysgrifennu ydy i gwyno bod "Y Gath Ofnus a'r Tŷ Ysbryd" yn LLAWER rhy ddychrynllyd.

Wrthi'n trio fy helpu i ddewis awdur arall oedd yn bodoli go iawn roedd Mam pan ddaeth cnoc ar y drws. Mi atebais i, ac yno roedd rhyw ddynes a hogyn nad o'n i erioed wedi'u gweld o'r blaen.

Mi ges i 'nychryn braidd pan ofynnodd hi os mai f'enw i oedd Greg Heffley. A dyna pryd y sylwais i ar falŵn fflat yn llaw'r hogyn, ac mi wawriodd arna i be roeddan nhw'n ei wneud yma.

I ddechra, ro'n i wedi cyffroi achos os oedd rhywun wedi dod o hyd i fy MALŴN i, roedd hynny'n golygu mai fi fydda'n ennill y jar fawr o fferins. Ond yna mi gofiais i am gynnwys fy llythyr ac ro'n i'n difaru deud rhai petha.

I gloi, os byddi di'n dod o hyd i'r falŵn yma ac yn ei dychwelyd yn ddiymdroi, dw i'n addo y cei di wobr ariannol hael. Mae gen i ewythr sy'n graig o arian a dwi'n siŵr y basa fo'n fodlon talu.

Yn gywir, *Greg Heffley*

Do'n i ddim am i'r bobl yma feddwl 'mod i'n rhyw hogyn rhyfedd oedd yn gneud ffrindia drwy anfon llythyra'n sownd i falŵns. Ond doedd dim llawer o ots. Ro'n i jesd am dderbyn y falŵn yn ei hôl a ffarwelio efo nhw.

Cyn i mi fedru gneud hynny, roedd Mam wrth
ddrws y ffrynt, ac mi wnaeth hi eu gwahodd nhw
i MEWN. Hanner munud yn ddiweddarach roedd
y ddau ddieithryn yn isda wrth fwrdd y gegin.

Enw'r ddynes oedd Mrs Selway ac enw ei mab oedd
Maldwyn. Maen nhw'n byw yn y dre agosa. Roedd
Maldwyn wrthi'n ymarfer ei ffidil yn ei stafell wely
pan welodd y falŵn yn hongian oddi ar gangen
coeden y tu allan.

Mi ddudodd Mrs Selway fod eu cartre nhw
yng nghanol y wlad, a bod ganddyn nhw ddim
cymdogion o'u cwmpas. A gan ei bod hi'n gweithio'n
llawn amser ac yn mynd i ddosbarthiada nos,
does ganddi hi ddim llawer o gyfle i drefnu bod
Maldwyn yn "cymdeithasu".

Pan ddarllenodd hi'r llythyr roedd hi'n gwybod
mai "ffawd" oedd hyn, ac mi neidion nhw i'r car a
gyrru yma'n syth.

Dechreuais i deimlo'n anghyffforddus IAWN. Y cwbl
ro'n i'n trio'i wneud oedd ennill jar o fferins, a
rŵan roedd petha'n mynd y tu hwnt i reolaeth.

Cyn i mi fedru egluro mai clamp o gamddealltwriaeth
oedd hyn, mi ges i a Maldwyn ein hel i fy stafell
wely i i ni gael dod i nabod ein gilydd yn well tra
bydda Mam yn sgwrsio efo Mrs Selway yn y gegin.

Erbyn hyn roedd yr hogyn 'ma yn fy LLOFFT i.
Ac roedd hi'n amlwg ei fod O'n teimlo yr un mor
lletchwith ag yr o'n INNA.

Mi wnes i drio codi sgwrs, ond fedrwn i'm cael GAIR
allan ohono fo. Yn y pen draw mi rois i'r ffidil yn y
to a chogio nad oedd o yno.

Ond pan es i at fy nghyfrifiadur i ddechra chwara
gêm, mi newidiodd cymeriad Maldwyn yn LLWYR.
Mi ddechreuodd o gynhyrfu a gneud synau rhyfedd.

Doedd gen i'm syniad BE oedd yn digwydd, ond bum eiliad yn ddiweddarach mi redodd Mrs Selway i mewn i fy llofft i a diffodd y sgrin. Dydy hi ddim yn caniatáu i Maldwyn chwara gemau fideo, a'r rheswm ei fod o mor "fywiog" oedd am ei fod o erioed wedi GWELD un o'r blaen.

Pam oedd yn rhaid iddi sôn bod ei phlentyn ddim yn chwara gemau fideo? Dwi'm isio i Mam gael rhyw hen syniada gwirion.

Roedd Maldwyn yn cael trafferth tawelu, felly cyhoeddodd Mrs Selway ei bod hi'n bryd iddyn nhw ei throi hi am adra. Ro'n i'n falch a deud y gwir. Ond ro'n i braidd yn rhy awyddus i weld eu cefna nhw, achos wrth iddyn nhw yrru i ffwrdd mi sylweddolais i nad o'n i 'di cael y falŵn yn ôl.

Dydd Sadwrn

Ddoe mi ddudis i wrth Mr Roy y Dirprwy fod
rhywun wedi dod o hyd i fy malŵn i, ond roedd o'n
gwrthod rhoi'r fferins i mi heb weld y falŵn efo'i
lygaid ei hun.

Felly heddiw, pan ddudodd Mam ei bod hi am fynd
â fi at Maldwyn am y pnawn, ro'n i'n awyddus i
fynd. Fydda dim ond rhaid gneud 'chydig o falu
awyr, cydio yn y falŵn, a'i heglu hi o'na.

Ond roedd gan Mam syniada GWAHANOL. Pan
gyrhaeddon ni dŷ Maldwyn, ac mi OEDD o yng
nghanol nunlla, mi gyhoeddodd Mam ei bod hi am
fynd i'r dre am baned o goffi efo Mrs Selway ac i
mi gadw cwmni i Maldwyn yn y tŷ.

Coelia fi, taswn i'n gwybod mai DYNA'r bwriad,
faswn i heb fynd i mewn i'r car yn y lle cynta.

Pan ges i 'ngadael yno gan Mam, mi feddyliais i y dylwn i wneud y gora o'r sefyllfa. Roedd Maldwyn o leia yn SIARAD y tro 'ma, felly roedd hynny'n ddechra da.

Pan ofynnais i i Maldwyn os oedd gynno fo unrhyw fwyd sothach, atebodd nad ydy ei fam o'n caniatáu bwyd felly yn y tŷ. Gofynnais am gael gwylio'r teledu, ond doedd GANDDYN nhw ddim un.

I ddechra, ro'n i'n meddwl mai tynnu coes oedd o, ond yn wir i ti, lle dyla'r teledu fod yn y lolfa, y cwbl oedd yno oedd SILFF LYFRA.

A deud y gwir, roedd llyfra ym MHOB MAN drwy'r tŷ.

Gofynnais i Maldwyn be ydy ei ddiddordeba fo.
Ymarfer ei ffidil a chwara efo Lego, medda fo.
Ro'n i'n falch o'i glywed o'n deud bod ganddo
rywfaint o DEGANA, achos ro'n i'n dechra poeni.

Ond pan ddangosodd ei stafell wely i mi, ro'n i'n
gegrwth.

Mi oedd gynno fo DDINAS Lego gyfa yno. Mae
Maldwyn isio bod yn beiriannydd pan fydd o'n
hŷn, a dim ond gofyn am set Lego sy'n rhaid
iddo fo ac mae'i fam yn ei phrynu iddo'n syth.
Mae'n rhaid ei bod hi wedi gwario FFORTIWN.

Ro'n i isio chwara efo rhai o'r setia mawr oedd gan Maldwyn, ond wnâi o'm gadael i mi fynd yn AGOS atyn nhw.

Os o'n i isio chwara efo Lego, roedd yn rhaid i mi ddefnyddio'r darna o'r bin "darnau sbâr". Roedd hynny'n siom enfawr, achos roedd y darna yn fanno i gyd yn rhai cymysg.

TYRCHU TYRCHU

Felly tra oedd Maldwyn yn creu llong ofod 500-darn o Lego, roedd rhaid i mi chwara efo'r sbarion.

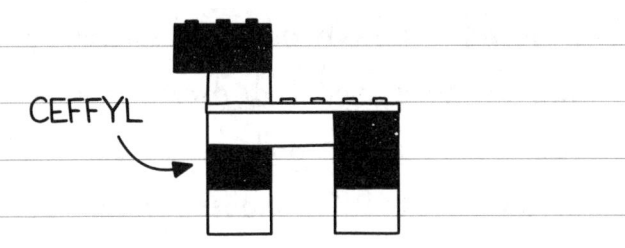

CEFFYL

O'r diwedd, ar ôl tua awr a hanner, mi ddaeth Mam a Mrs Selway yn ôl. Yn lwcus, roedd fy malŵn i ar fwrdd bach wrth y drws ffrynt, felly mi gipiais i o ar fy ffordd allan.

Ond fel ro'n i ar fin mynd i'r car, rhedodd Mrs Selway allan o'r tŷ a Maldwyn wrth ei chynffon hi. Roedd Maldwyn yn fy nghyhuddo i o "ddwyn". Mi driais i egluro mai FI oedd pia'r falŵn, ac mai dim ond ei chymryd hi'n ÔL o'n i.

Ond doedd Maldwyn ddim yn sôn am y FALŴN.
Roedd o'n deud 'mod i 'di dwyn darn o LEGO.
Roedd 'na ddarn ar goll o'r bin darna sbâr. Sut
y gwydda fo HYNNY, does gen i'm syniad.

Mi daerais nes 'mod i'n ddu-las nad o'n i wedi
cymryd darn o'i Lego, ac mi wagiais fy mhocedi i
brofi hynny. Ond doedd o'm yn fodlon o HYD.

Felly mi adawais i Maldwyn a Mrs Selway chwilio fy
nillad i, ac ro'n i'n teimlo c'wilydd mawr wrth iddyn
nhw wneud. Ond roedd hi'n braf gallu profi iddyn
nhw 'mod i'n deud y gwir.

Ar ôl hynny, ro'n i'n credu 'mod i 'di profi 'mod i'n
ddieuog, ac mi drois i fynd i'r car.

Dyna pryd y sylwodd Maldwyn ar ddarn o Lego yn sownd yn fy mhenelin i.

Y peth gwaetha ydy mai un o'r darna bychan sgwâr oedd o, a dwi'n siŵr fod gan Maldwyn BILIWN o'r rheiny yn y bin darna sbâr.

MAINT GO IAWN

A dyna sut daeth y p'nawn efo Maldwyn i ben.

Ar nodyn cadarnhaol, mi ges i'r falŵn. Ond ar y ffordd adra, roedd Mam wedi'i siomi. Ro'n i'n meddwl ei bod hi'n ypsét am y darn Lego, ond nid dyna be oedd yn bod.

Roedd hi'n siomedig nad o'n i a Maldwyn wedi dod yn ffrindia, achos roedd hi'n meddwl y basa fo'n "fodel rôl" da iawn i mi.

Os ydy Mam am drio 'nghael i i EDMYGU rhywun fy oed i, yna mae gwaith caled o'i blaen hi.

Dydd Llun
Dros y dyddia dwytha, ma Mam wedi bod yn cynnal arbrawf arna i a Rodric. Roedd hi isio gweld os basa un ohonon ni'n gwagio'r bin heb iddi orfod gofyn. Ond rhaid ein bod ni wedi methu'r prawf, achos neithiwr mi gafodd hi lond bol.

Amser swper, cyhoeddodd Mam nad oedd hi 'di mynd i'r brifysgol jesd er mwyn treulio ei hamser yn clirio ar ôl pawb a chrafu gwm oddi ar ein sgidia ni. Mi ddudodd bod arni angen "amgylchedd ysgogol" a'i bod hi am fynd yn ôl i'r coleg yn llawn-amser i orffen ei gradd meistr.

Ac er mwyn i hynny weithio, mi ddudodd y basa'n rhaid i ni helpu rownd y tŷ. Felly er mwyn gneud gwaith tŷ yn "hwyl", mae hi wedi creu "Sach Swyddi", sef cas gobennydd yn llawn darna papur efo tasga wedi'u sgwennu arnyn nhw.

Dwi'n siŵr ei bod hi 'di cael y syniad o'r cylchgrawn "Trafod Teulu".

Dwi a Rodric i fod i roi ein llaw yn y Sach Swyddi bob dydd ar ôl dod 'nôl o'r ysgol a chwblhau tasg.

Mae Mam wedi addo, os y gwnawn ni'n tasga, y cawn ni fwyta 'chydig o'r fferins Calan Gaeaf.

Wel, dyna brawf felly eu bod nhw RHWLA yn y tŷ. Ond fferins YCHWANEGOL fydd y rheiny i mi, achos heddiw yn yr ysgol mi wnes i gyfnewid fy malŵn am y jar fawr o fferins yn swyddfa Mr Roy y Dirprwy. Gynted ag y cyrhaeddais i adra, mi guddiais i'r jar mewn drôr yn fy stafell wely fel na fydda'n rhaid i mi rannu'r fferins efo neb.

Ar ôl gneud hynny, mi rois fy llaw yn y Sach Swyddi a thynnu darn o bapur ohoni oedd yn deud "Rhoi Polish i'r Llestri Arian," a dyna'r dasg waetha bosib.

Mae Rodric wedi ychwanegu ei dasga ei HUN i'r Sach Swyddi. Mi ddes i o hyd iddo fo'n cysgu yn ymyl darn o bapur efo'i lawysgrifen arno.

Mi benderfynais i helpu fy hun i'r jar o fferins fel gwobr am orffen fy nhasg, ond pan es i i fy stafell wely, roedd y drôr yn agored a'r jar yn WAG.

Chymerodd hi'm yn hir i ddod o hyd i'r lleidr. Roedd y mochyn yn baglu o gwmpas y gegin fel tasa fo 'di meddwi.

I ddechra ro'n i'n wallgo. Nid yn unig roedd y mochyn wedi byta'r fferins i gyd, ond roedd o wedi llwyddo i agor caead y jar hefyd.

Ond wedyn mi ddechreuais i BOENI, achos doedd y mochyn ddim yn edrych yn iach iawn.

Mi fasa Taid siŵr o fod yn gwybod be i'w wneud, ond roedd o ar ddêt efo Mrs Fredericks. Mi ddeffrais i Rodric a gofyn iddo FO, ac awgrymodd o y dylwn i ffonio Dad. A dyna wnes i, ond roedd Dad mewn cyfarfod.

Do'n i'm isio trafferthu Mam, achos roedd hi ar y ffordd i'r coleg. Ond roedd y mochyn yn wyrdd, felly roedd yn rhaid i mi ei ffonio hi. Mi ddudis i bod y mochyn yn edrych yn sâl iawn, a gofynnodd hi a oedd o wedi byta rhwbath od.

Do'n i'm isio deud wrthi bod y mochyn wedi byta fy fferins i, felly mi ddudis i nad o'n i'n siŵr. Mi ddudodd hi wrtha i am fynd â'r mochyn at y milfeddyg rhag ofn, ac y basa hi'n gadael y coleg ac yn ein cyfarfod ni yno.

Doedd Rodric ddim yn hapus 'mod i'n ei ddeffro fo am yr eilwaith o fewn pum munud, ond pan welodd o'r mochyn mi symudodd o'n reit handi.

Ro'n i'n gafael yn dynn yn y mochyn yng nghefn fan Rodric. Ond tua hanner ffordd i'r filfeddygfa dechreuodd o wneud synau rhyfedd.

Mi floeddiais ar Rodric i stopio, ond roedd hi'n rhy hwyr erbyn hynny.

Roedd 'na bwll llysnafeddog oren-a-melyn anferth ar lawr fan Rodric. A dwi'm yn meddwl y bydda i byth yn gallu stumogi edrych ar fferins eto.

Mi ddudodd Rodric mai fy mai i oedd bod y mochyn wedi chwydu, felly FI ddyla ei glirio fo. Rhoddodd dywelion papur i mi a deud wrtha i am ddechra llnau.

Er mai pwll o fferins oedd o, doedd o ddim yn OGLEUO felly. Mi driais i ei fopio fo tra'n dal fy anadl, ond doedd dim posib.

Fedrwn i'm dal mwy a dyma fi'n sylweddoli 'mod i am fod yn sâl HEFYD. Yn lwcus, mi lwyddais i fynd allan o'r fan mewn pryd.

Yn ANFFODUS, roeddan ni 'di parcio o flaen tŷ ac roedd dynas y tŷ allan yn brwsio ac yn hel dail, ac mi welodd hi'r cwbl.

Mae'n rhaid ei bod hi'n meddwl mai dau hogyn drygionus oeddan ni, a'n bod ni'n cadw reiat, achos mi ddudodd ei bod hi am ffonio'r HEDDLU.

Felly mi neidiais i'n ôl i'r fan a gwibio o'na gynted ag y gallen ni tua'r briffordd. Ond chyrhaeddon ni'm yn bell.

Yn lwcus, llwyddais i esbonio pob dim i'r heddwas, ond doedd ganddo fo ddim llawer o awydd clywed y manylion.

Ar ôl i'r heddwas adael, gwelodd Mam fan Rodric a stopio'i char y tu ôl i ni. Rhaid nad oedd y mochyn wedi gorffen gwagio'i stumog yn llwyr, achos mi chwydodd un pwll bach ola o fferins.

Dydd Mawrth

Ar ôl i ni gyrraedd adra neithiwr, cyhoeddodd Mam nad oedd hi'n flin efo fi, ond ei bod hi'n SIOMEDIG. Gan Mam, mae hynny'n WAETH.

Mi ddudodd ei bod hi'n hynod o bryderus am fy "arfer o dwyllo", a rhwng y digwyddiad yn nhŷ Maldwyn a'r hyn a ddigwyddodd efo'r mochyn, ei bod hi'n amhosib iddi ymddiried yndda i o gwbl. Mi eglurais i am y miliynfed tro mai camddealltwriaeth oedd y busnes 'na efo'r Lego, ond roedd hi'n amlwg wedi penderfynu fel arall.

Y tro dwytha y cawson ni sgwrs fel hon ro'n i yn yr ysgol gynradd, a rhaid i mi gyfadda 'mod i'n llwyr haeddu cosb y tro hwnnw.

Mi ddechreuodd petha'n reit ddiniwed. Roedd Mam yn arfer gneud pecyn bwyd i mi bob bora ac mi fyddwn i'n byta'r frechdan a'r snac ond yn taflu pa bynnag ddarn o ffrwyth oedd yno.

Sylweddolodd Mam rywsut nad o'n i'n byta fy ffrwyth, felly un diwrnod mi roddodd hi afal yn fy mhecyn i a gneud i mi addo dod â chalon yr afal adra i brofi 'mod i wedi'i fwyta fo. A fydda dim snac yn fy mhecyn bwyd i eto HEB wneud hynny.

Amser cinio mi anghofiais i bopeth, ac mi daflais y ffrwyth i'r bin fel arfer.

A phan gyrhaeddais i adra, gofynnodd Mam am galon yr afal.

Mi ddylwn i fod wedi deud y gwir, ond am ryw reswm mi ddechreuais i ddeud celwydd. Mi ddudis i bod yna fwli wedi ymosod arna i ar y ffordd i'r ysgol y bora hwnnw, ac wedi dwyn fy afal i.

Ro'n i'n wirion yn deud y fath beth, ond roedd gen i ofn na fydda Mam yn rhoi snac yn fy mhecyn bwyd i taswn i'n deud y gwir.

Ro'n i'n meddwl na fasa Mam yn rhoi coel ar stori mor dila, ond roedd hi isio gwybod mwy am y bwli, ac felly mi gafodd hi wybod.

Mi ddudis i mai enw'r hogyn oedd Curtis Lewis a'i fod o droedfedd yn dalach na fi, efo un ael hir fel siani flewog ar draws ei dalcen, a man geni ar ei ên. Os oedd Mam yn dymuno cael MANYLION, yna do'n i ddim am ei siomi hi.

Mi ddudodd Mam y galla hi sortio hyn, ond bod hwn yn gyfle i mi ddysgu sut i setlo anghydfod ar fy mhen fy HUN.

Felly'r noson honno mi roddodd hi feiro a phapur i mi sgwennu llythyr i Curtis, ac mi wnes.

Annwyl Curtis,

Plis paid â dwyn fy afal eto. Mae Mam yn dweud ei bod hi'n bwysig i mi gael maeth.

Yn gywir,
Greg Heffley

Mi ddylwn i fod wedi rhoi'r gora i betha yn fanna. Ond yn lle hynny, mi sgwennais i lythyr ffug i mi fy hun gan Curtis. Ac er mwyn profi i Mam pa mor DDRWG oedd yr hogyn, mi ychwanegais i lun digywilydd ar y diwedd.

ANNWYL GREGORI,

ROEDD DY AFAL DI'N FLASUS. DWED WRTH DY FAM 'MOD I ISIO UN ARALL FORY.

GAN CURTIS

PEN ÔL

Wel, mi es i â phethan rhy bell yn do, achos y diwrnod nesa daeth Mam i'r ysgol efo'r llythyr, yn mynnu cael siarad efo Curtis Lewis.

Cafodd hi wybod nad oedd 'na neb o'r enw Curtis Lewis yn ddisgybl yn yr ysgol. Rhaid ei fod o'n cael ei addysgu o adra, meddwn i wrthi hi.

Ar ôl hynny mi es i braidd yn nerfus, ac am y pythefnos nesa mi fytodd Roli fy afal i bob amser cinio a rhoi calon yr afal i mi.

Anghofiodd Mam bob dim nes un dydd Sul pan oeddan ni'n isda y tu ôl i'r teulu Berwyn yn y Capel. Roedd eu mab Trefor, oedd ym Mlwyddyn 6, yn edrych fel fy nisgrifiad i o Curtis Lewis.

Cyhuddodd Mam rieni Trefor o fagu hen sinach bach annifyr a bod arnyn nhw afal neu ddau iddi hi. Ro'n i'n teimlo'n wael, achos mae Trefor Berwyn yn hogyn hoffus ac mae'i deulu o'n helpu yn y gegin gawl yn y dre bob dydd Sadwrn.

Yn ddiweddarach y flwyddyn honno ymunodd Mam â'r Pwyllgor Codi Arian, a'r Gadeiryddes oedd Mrs Berwyn. Chymerodd hi'm yn hir i Mam sylweddoli be oedd be, ac mi gollais i'r hawl i wylio teledu am fis cyfa fel cosb.

Ond yn y pen draw mi ges i gosb DDWBWL, achos am weddill y flwyddyn honno, bob tro y bydda Trefor yn fy ngweld i ar y coridor, mi fydda fo'n rhoi dwrn i mi.

Neithiwr mi benderfynodd Mam mai fy nghosb am ddeud celwydd fydda cyflawni TAIR tasg o'r Sach Swyddi bob dydd yr wythnos hon.

Yn anffodus, mae hi wedi gwaredu holl ddarna papur Rodric, ac mae hynny'n golygu na cha i dasg hawdd i'w gneud.

Pan orffennon ni ein sgwrs neithiwr, mi ddudodd Mam 'mod i'n hogyn clyfar efo dychymyg byw, ond bod angen i mi WNEUD rhwbath efo fo.

Gwranda, dwi ddim yn falch 'mod i 'di deud celwydd, ond coelia di fi, nid fi ydy'r UNIG un yn y teulu yma sy'n greadigol efo'r gwir.

Mae oedolion yn deud celwydd ddeg gwaith yr wythnos, neu FWY na hynny hyd yn oed.

Y tro cynta i mi glywed Mam yn deud celwydd oedd pan o'n i tua thair oed ac roedd hi am i mi drio brocoli.

MAE O'N BLASU FEL FFERINS!

A dydy Mam ddim yn meddwl ddwywaith cyn deud celwydd wrth MANI chwaith.

Fis Rhagfyr llynedd, pan roddodd Mam y tŷ
sinsir ar fwrdd y gegin, mi ddudodd hi wrth Mani
am beidio ei gyffwrdd tan ddiwrnod Dolig neu mi
fydda'r tŷ'n troi'n filiwn o bryfed cop. Mae hynna'n
beth gwallgo i'w ddeud wrth blentyn bach, ac felly
do'n i'm yn synnu pan chwistrellodd Mani sdwff
lladd pryfed dros y tŷ sinsir.

Mae Dad yn ddyn go onest fel rheol, ond mae O
hyd yn oed yn deud celwydd weithia.

Roedd Dad yn arfer casáu clywed sŵn y fan hufen
iâ yn dod i lawr y stryd, achos ro'n i a Rodric
yn dechra swnian am bres yn syth wrth glywed y
gerddoriaeth.

Mi ddudodd Dad bod y fan ond yn chwara
cerddoriaeth pan fydd 'na'm hufen iâ ar ÔL.

Mae'n rhaid bod deud celwydd yn y gwaed, achos mae TAID yn gneud hefyd. Ond mae straeon Dad a Taid yn wahanol. Roedd Taid yn arfer deud mai clown oedd gyrrwr y fan hufen iâ, ac y basa fo'n rhoi chwip din i blant oedd allan ar y stryd.

C'wilydd deud, ond pan ddudodd Taid hynny wrtha' i'n gynta, mi wnes i ei GOELIO fo.

Felly ro'n i'n teimlo mai fy nghyfrifoldeb i oedd rhybuddio plant ERAILL yr ardal.

Dwi 'di dysgu peidio coelio gair sy'n dod o gega oedolion ein teulu ni, ond does neb wedi mwydro fy mhen i'n fwy na RODRIC.

Y celwydd cynta dwi'n ei gofio fo'n ei ddeud wrtha i ydy tasa dy fotwm bol di'n datglymu, mi fasa dy BEN ÔL di'n disgyn i ffwrdd.

Mi ddudis i wrth y plant eraill yn y dosbarth meithrin, ac achosodd hynny helynt mawr.

Tua'r un amser mi ddudodd Rodric wrtha i mai dim ond genod oedd fod i ddefnyddio sêt y toiled, a bod hogia i fod i godi'r sêt ar BOB achlysur.

Mi wnes i ei goelio fo, a taswn i heb anghofio cloi'r drws un noson, mae'n bosib y baswn i'n dal i ddefnyddio'r toiled yn anghywir heddiw.

Weithia roedd Rodric yn deud petha fyddan fy nghael i i drwbl MAWR. Pan on i yn yr ysgol gynradd mi ddudodd o bod unrhyw un oedd yn gwisgo dillad cuddliw yn ANWELEDIG i bawb arall.

Mi ges i 'ngwahardd o bwll nofio'r dre weddill yr haf.

Mae llawer o gelwydda Rodric wedi achosi i mi golli PRES hefyd. Un flwyddyn, mi ddudodd Rodric taswn in palu twll ac yn rhoi fy holl bres penblwydd ynddo fo y basa 'na goeden yn tyfu yno a gallwn i gael pres oddi arni UNRHYW bryd.

Roedd hynny'n swnio'n syniad da i MI.

Felly mi wnes i fel y dudodd o, a hyd yn oed dyfrio'r goeden ddwywaith y dydd. Pan ddudis i wrth Mam nad oedd fy Nghoeden Bres i'n tyfu, mi aeth hi i nôl rhaw a phalu i'r twll. Roedd o'n WAG.

Dwi'n falch bod Mam wedi sylweddoli'r gwir, achos roedd fy mhres pen-blwydd i bron i gyd wedi cael ei wario ar gwm cnoi a chomics.

Weithia mi fydda Rodric jesd yn cymryd fy mhres i.

Unwaith, pan gollais i ddant babi, mi rois i o dan y gobennydd ar gyfer y tylwyth teg. Ond pan es i i weld oeddan nhw 'di gadael 50 ceiniog, mi ddes i o hyd i nodyn a dwi'n siŵr mai Rodric sgwennodd o.

SORI DWI'N BRIN O BRES HENO. MI RO I DDWBWL I TI Y TRO NESA.

-T.T.

Mi ddudodd Rodric mai dim ond UN dylwythen deg o nifer sy'n dod yng nghanol y nos i roi pres i ti. Mi ddudodd o bod yna dylwythen deg arbennig ar gyfer braich, coes a llawer o betha eraill hefyd.

Dudodd Rodric bod dy freichia a dy goesa babi di'n syrthio i ffwrdd wrth dyfu, yn union fel dannedd, ac os y rhoi di nhw o dan dy obennydd y cei di bres.

Ar ôl HYNNY, yn ôl Rodric, mae coesa a breichia newydd oedolyn yn tyfu, ond weithia dydyn nhw i gyd ddim yn syrthio i ffwrdd ar yr un pryd.

Roedd gen i ANDROS o ofn y basa hynny'n digwydd i MI, felly ro'n i'n gneud yn siŵr bod fy nghoesa a 'mreichia i'n gwbl sownd bob nos.

Roedd Rodric o hyd yn meddwl am ffyrdd o 'nychryn i. Cyn bod y seler wedi'i gorffen yn iawn, roedd yna le gwag o dan bob gris.

Yn ôl Rodric, os baswn i'n dringo'r grisia'n rhy ara bydda anghenfil yn cydio yn fy ffera i. Ar ôl hynny, ro'n i'n dringo dwy ris ar y tro.

Ar ôl i mi feistroli HYNNY, mi driais i ddringo TAIR gris ar y tro. Ond roedd hynny'n rhy uchelgeisiol mewn gwirionedd.

Gorffennon ni'r seler yn y diwedd a chafodd y llefydd gwag eu cuddio gan bren. Ond dydy seler NAIN ddim 'di'i gorffen o hyd, a chyn mynd i lawr dwi bob amser yn gneud yn siŵr bod popeth yn saff.

Peth arall ddudodd Rodric i 'nychryn i oedd taswn i'n byrpian yn y tŷ, basa ysbryd Maggie Thatcher yn dod i aflonyddu arna i. Dwn i'm sut y meddyliodd o am y celwydd YNA, ond dwi'n dal i feddwl ddwywaith cyn agor can o bop.

Weithia mi fydda Rodric yn deud rhwbath ALLA fod yn wir wrtha i, dyna pryd y bydda petha'n mynd yn ddryslyd.

Unwaith mi ddudodd os ydy rhywun yn cysgu efo'i geg ar agor maen nhw'n debygol o lyncu 5 pry cop bob nos, ac mae'n bosib credu hynny a deud y gwir.

CH CH CH

Dro arall mi ddudodd Rodric ei bod hi'n beryglus deffro rhywun sy'n cerdded yn ei gwsg. A dwi'n meddwl fod 'na siawns go dda bod Rodric yn deud y gwir, achos dwi'n siŵr 'mod i 'di clywed rhywun arall yn deud hynny.

Ond rai nosweithia'n ddiweddarach mi wnes i ddal
Rodric yn byta fy hufen iâ I a dyna pryd y
sylweddolais ei fod o 'di chwara tric budr arall
arna i.

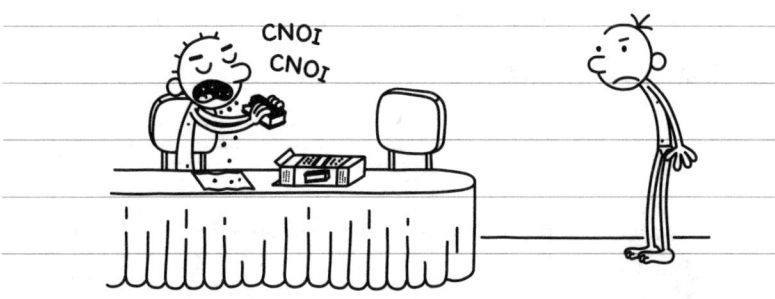

Mae cymaint o gelwydda wedi eu deud wrtha i
erioed, dwi'n siŵr y bydda i'n treulio gweddill fy
mywyd yn dyfalu be sy'n wir a be sy ddim.

Yn y cyfamser, dwi'n trio bod yn ofalus.

<u>Dydd Iau</u>

Dim ond rhai dyddia mae Mam wedi'u treulio yn
y coleg, ond mae hi'n actio fel person HOLLOL
wahanol. Bob nos wrth gyrraedd adra, mae hi mewn
hwylia da. A dydy hi'm yn gwylltio os nad ydw i 'di
gorffen fy nhasga.

Mae Mam yn deud ei bod hi'n hapus gan ei bod hi'n
cael ei herio yn y coleg, ac y dylan ni i gyd hefyd
drio dysgu petha newydd.

Ond mae gen i fy theori fy hun ynghylch petha
fel hyn. Dim ond hyn a hyn o le sydd 'na ym mhob
ymennydd, ac erbyn i ti fod yn wyth neu naw oed,
mae o wedi llenwi'n llwyr.

126

Ac os wyt ti isio dysgu rhwbath newydd ar ôl HYNNY, yna mae'n rhaid i ti wneud lle drwy gael gwared ar HEN wybodaeth.

Dyna pam mae gwaith ysgol yn galetach wrth i ti fynd yn hŷn. Wrth i wybodaeth newydd gael ei chyflwyno, mae dy ymennydd di'n cael gwared ar wybodaeth ARALL i wneud lle.

I brofi hynny, byth ers i mi ddysgu am ffotosynthesis yn Gwyddoniaeth, dwi'm yn cofio sut mae gneud rhannu hir.

CWESTIWN 1:
Beth yw 367 wedi'i rannu gyda 12?
Cofiwch ddangos eich gwaith cyfrifo!

DIM
CLIW.

Mi fasa hi'n braf gallu DEWIS pa wybodaeth sy'n cael ei dileu. Dwi 'di anghofio'r codau i neidio lefelau yn Dewin Dieflig, ond mae gen i gof byw o'r tro hwnnw pan ddychrynais i Dad yn dod allan o'r gawod.

Ac mi faswn i'n talu lot o bres i ddileu'r ddelwedd HONNO o f'atgofion.

Mae Mam yn deud bod angen i mi a Rodric ddechra meddwl RWAN am yrfa, a dechra cynllunio ar gyfer y dyfodol. Yn ôl Mam mi ddylan ni fod yn rhoi cynnig ar gymaint o betha ag sy'n bosib er mwyn darganfod be 'dan ni'n lecio'i wneud er mwyn canolbwyntio ar hynny.

Dwi'n GWYBOD yn barod be dwi isio'i wneud fel
gyrfa. Dwi isio bod yn brofwr gemau fideo pan
fydda i'n hŷn. Dwi 'di bod yn hyfforddi ar gyfer
y swydd ers i mi fod yn ddigon hen i afael mewn
rheolwr gemau cyfrifiadur.

Ond bob tro dwi'n deud hynny wrth Mam, dydy
hi'm yn edrych yn hapus iawn.

Mae Mam yn credu y dylwn i anelu'n UWCH a
hyfforddi fel peiriannydd neu ddoctor neu rwbath
felly. Os bydda i'n parhau i chwara gemau fideo
drwy'r dydd a pheidio gneud fy ngora yn yr ysgol,
gyrfa fel dyn biniau sydd o 'mlaen i yn ôl Mam.

A bod yn deg, yr unig ddoctor dwi'n ei nabod ydy Dr Higgins, ein pediatrydd, a dwi'm wir isio treulio gweddill fy mywyd yn sugno baw llysnafeddog o drwyna plant bach.

Ond hefyd, DWI'm yn gweld be sydd o'i le ar fod yn ddyn biniau. Mae dynion sy'n hel sbwriel yn cael bod allan yn yr awyr iach bob dydd ac yn cael chwara eu cerddoriaeth yn swnllyd. Felly, os na lwydda i i fod yn brofwr gemau fideo, mae bod yn ddyn biniau yn swnio fel ail ddewis da.

Pan o'n i'n fychan, roedd Mam bob amser yn deud y gallwn i fod yn unrhyw beth ar ôl tyfu.

Wnes i'm sylweddoli tan yn ddiweddarach mai at SWYDDI roedd hi'n cyfeirio. Ro'n i'n meddwl y gallwn i fod yn UNRHYW BETH.

Mae Mam yn aml yn deud bod ein teulu ni'n deulu peniog, a bod hen-hen-hen-fodryb i mi wedi helpu i ddarganfod gwellhad i ryw glefyd amser maith yn ôl.

Ond coelia di fi, mae 'na sawl TWPSYN yn rhan o'n teulu ni hefyd. Dim ond wythnos dwytha mi dorrodd Yncl Gari bont ei ysgwydd wrth dorri cangen fawr oedd yn tyfu dros y dreif.

Gan gofio 'mod i'n rhannu'r un genynna ag Yncl Gari, mae'n wyrth 'mod i'n gallu cau fy sgidia. Ond mae Mam o hyd yn deud y gallwn i gyflawni petha mawr dim ond i mi roi fy meddwl ar waith.

Yn ôl Aron Saunders dydy pobl ond yn defnyddio 80% o'u hymennydd, a basa llwyddo i ddefnyddio'r 20% ARALL yn anhygoel.

Os mai fi fydd yr un i ddarganfod sut i ddefnyddio'r 20% arall, wna i'm deud wrth neb. Achos tasa pawb yn mynd o gwmpas yn defnyddio eu hymennydd llawn, mi fydda hi'n draed moch arnon ni i gyd.

Dydd Mercher

Mae Mam wedi bod yn trio cael Rodric i feddwl am ei ddyfodol, ac i ystyried i ba goleg neu brifysgol y basa fo'n lecio mynd.

Ond mae Rodric dal yn grediniol y bydd y band yn dod yn enwog ac mai dim ond gwastraff amser ydy coleg i rywun fel fo. Dwi'n meddwl bod Mam yn dechra poeni, achos mae hi rŵan yn gorfodi Rodric i ymchwilio i golega am hanner awr bob dydd yn lle gneud ei dasga.

Cysylltodd Rodric efo llond llaw o golega i ofyn am brosbectws, ac roedd Mam wedi cyffroi'n lân pan gyrhaeddon nhw drwy'r post. Ond manylion colega i GŴN oeddan nhw. Falla bod Rodric heb sylwi, neu falla mai dyna'r unig goleg mae ganddo fo siawns o gael ei dderbyn iddo fo.

Gan na chafodd Mam lwc yn perswadio Rodric i fagu diddordeb, mae hi wedi troi ei sylw tuag ata I. Ddydd Llun, aeth hi â fi i'w choleg fel y gallwn i weld y campws, a rhaid i mi gyfadda ei fod o'n eitha cŵl.

Yn ôl Mam, galli di astudio UNRHYW BETH
yn y coleg, a'r cwbl rwyt ti ei angen ydy "meddwl
chwilfrydig". Tra'i bod hi yn mynd i ddarlith, mi
ddudodd wrtha i am fynd am dro i weld y campws
fel y gallwn i gael teimlad o fywyd myfyriwr.

Mi gerddais o gwmpas am 'chydig, ond do'n i'm yn
teimlo mai dyma'r lle i mi.

Ymhen sbel, mi es i'r llyfrgell ac aros i Mam orffen
ei darlith.

Mi ddechreuais i ar fy ngwaith cartref, ond ro'n i'n
gallu deud bod y myfyrwyr i gyd yn cwestiynu be
oedd hogyn ysgol yn ei wneud yn eu llyfrgell nhw.

Dyna pryd y cofiais i am hogan 'run oed â fi sydd mor glyfar, mae hi'n fyfyrwraig yn y Coleg Meddygol yn barod ac yn astudio i fod yn ddoctor. Felly, taswn i'n trio edrych yn glyfar, falla baswn i'n rhoi'r argraff 'mod i i FOD yno.

Felly mi gydiais i mewn pentwr o lyfra trwchus am Seicoleg oddi ar y silff agosa a chogio bod gen i wir ddiddordeb ynddyn nhw.

Rai munuda'n ddiweddarach, mi ddaeth 'na hogan i isda ata i a chychwyn sgwrsio.

Mi ddudodd yr hogan bod ganddi brawf Seicoleg wythnos nesa, a gan 'mod i'n edrych yn glyfar tybed faswn i'n fodlon ei helpu hi i adolygu.

Rŵan, does gen i mo'r syniad lleia am Seicoleg, ond ro'n i'n sylweddoli bod cyfle fel HYN ddim yn codi'n aml. Mi ddudis i wrthi 'mod i 'chydig yn brysur ar hyn o bryd, ond y baswn i'n fodlon ei helpu hi y diwrnod WEDYN.

Pan ddaeth Mam yn ôl o'i darlith, mi ddefnyddiais i ei cherdyn llyfrgell hi i fenthyg pob llyfr Seicoleg y gallwn i ei weld. A'r noson honno mi weithiais i'n galetach nag y gwnes i erioed.

Erbyn y diwrnod wedyn, ro'n i'n BAROD. Gofynnais i Mam fynd â fi'n ôl i'r coleg, ac roedd hi wrth ei bodd.

Mi dreuliais i ddwy awr yn helpu'r hogan i baratoi ar gyfer y prawf, ac erbyn i ni orffen, ro'n i'n gwybod y basa hi'n cael marc da. Ond wedyn mi gyrhaeddodd yr hogyn mawr 'ma, ei CHARIAD hi mae'n debyg. A choelia di fi, taswn i'n gwybod bod ganddi gariad faswn i heb fynd i'r holl drafferth i ddysgu cymaint o wybodaeth ddiwerth.

FFLIC

Os mai dyna sydd o flaen rhywun mewn coleg, yna sa'n well gen i BEIDIO mynd. A gyda llaw, ro'n i'n hollol gywir am be sy'n digwydd wrth ddysgu sdwff newydd. Mi ges i brawf ar brifddinasoedd gwledydd y byd heddiw, ac mi ges i nhw i gyd yn anghywir.

CHCHCHCH

<u>Dydd Llun</u>

Y cwbl ma pawb yn sôn amdano fo yn yr ysgol y dyddia 'ma ydy parti Calan Gaeaf Marian Morris, sy'n cael ei gynnal nos Wener. Ond yn anffodus, fydda i'm yn cael gwahoddiad.

Mae partïon Marian yn chwedlonol. Does dim gwahaniaeth gan ei rhieni hi BE sy'n digwydd, cyn belled â bod y parti'n aros yn y seler.

Llynedd, mi aeth petha dros ben llestri'n LLWYR. Mi DDECHREUODD yn y seler, ond mi ddaeth cymaint o bobl i'r parti doedd dim rhagor o le, ac mi ddaeth yr heddlu i roi stop ar bopeth. Mae hynny'n beth anarferol iawn i barti rhywun ein hoed ni.

'Leni, mae rhieni Marian wedi deud mai parti BACH fydd o, felly dim ond pobl sydd efo hi yng ngherddorfa'r ysgol sy'n cael gwahoddiad. Felly dyna ddiwedd ar unrhyw obaith oedd gen i i gael mynd.

Mi fydd Rolin'n cael gwahoddiad, achos mae o yn y gerddorfa. Ond os eith o i barti FEL'NA ar ei ben ei hun, mi fydd o ar goll.

Ro'n i'n meddwl am hyn yn yr ysgol heddiw pan ges i syniad gwych. Os gwna i ymuno â'r GERDDORFA, mi ga'i fynd i barti Marian.

Heno, pan ddudis i wrth Mam a Dad 'mod i isio ymuno â'r gerddorfa, mi wirionodd Mam. Roedd hi wrth ei bodd 'mod i am herio fy hun a rhoi cynnig ar rwbath newydd. Ond doedd Dad ddim yn teimlo'r un fath.

Mae offerynna'n DDRUD, medda fo, ac ynta'n gwybod na fyddwn i'n dyfalbarhau. Roedd Mam wedi dadla bod Rodric yn dal i chwara'r DRYMIA, ond dwi'm yn meddwl i hynny helpu fy achos i.

A dyna pryd awgrymodd Dad y PIANO.

Ddwy flynedd yn ôl, mi welodd Mam fi'n chwara efo allweddell drydan yn y ganolfan siopa wythnos cyn y Dolig. Ro'n i'n ei lecio hi oherwydd yr holl fotyma effeithia sŵn oedd arni hi.

Roedd Mam wedi cynhyrfu am 'mod i'n dangos diddordeb mewn offeryn cerdd, a Noswyl Nadolig dyma 'na lori yn dod â phiano maint llawn i'n tŷ ni.

Yn ôl ymateb Dad ar y pryd, dwi'm yn meddwl bod Mam wedi deud wrtho fo.

Ar y dechra ro'n i 'di cyffroi, ond pan sylweddolais i nad oedd y piano'n gneud synau laser a phetha felly, mi gollais i ddiddordeb yn syth.

Ond doedd Mam ddim am adael i mi roi'r gora iddi. Mi dalodd hi i Miss Richards ddod i roi gwersi preifat i mi ddwywaith yr wythnos.

Roedd Miss Richards yn athrawes biano dda iawn, ond ro'n i'n ddisgybl OFNADWY.

Y broblem gynta oedd steil Miss Richards o ddysgu. Mi fydda hi'n isda y tu ôl i mi ar y stôl biano ac yn gosod ei bysedd hi ar ben fy mysedd I. Falla bod hynny'n gweithio i RAI o ddisgyblion Miss Richards, ond nid i MI.

Ac wedyn roedd y gerddoriaeth ei hun. Os o'n i am ganu'r piano, ro'n i isio dysgu caneuon cŵl fel y rhai ar y radio. Ond roedd Miss Richards yn mynnu bod rhaid i mi ddechra efo'r petha SYLFAENOL, ac mi roddodd hi "Lyfr Dechreuwyr" i mi oedd yn edrych yn hŷn na Miss Richards.

Roedd yr holl ganeuon yn blentynnaidd, ac ro'n i'n ei chael hi'n anodd eu cymryd nhw o ddifri.

Bob tro y bydda Miss Richards yn dod i'r tŷ mi fydda hi'n rhoi gwaith cartref i mi, ond do'n i BYTH yn ymarfer rhwng gwersi. Felly bob gwers mi oeddan ni'n dechra efo cân "C-D-E", ac mae'n rhaid bod hynny'n ei gyrru hi'n wallgo.

Yn y pen draw rhoddodd Miss Richards y gora i drio 'nysgu i gan isda yno yn darllen cylchgrona, a finna'n gneud dim.

Felly y buodd petha am fis neu ddau nes y sylweddolodd Mam be oedd yn digwydd, a dyna ddiwedd ar fy ngwersi piano i.

Heddiw, dydy'r piano yn ddim ond dodrefnyn mawr yn y stafell fyw. Dwi'n siŵr bod Mam a Dad yn dal i dalu amdano fo, felly dwi'n gallu dallt pam nad ydy Dad yn rhy awyddus i mi roi cynnig ar chwara offeryn ARALL.

Yn lwcus, roedd Mam ar fy ochr i. Doedd hitha ddim yn meddwl mai'r piano oedd yr offeryn CYWIR i mi, ac weithia bod rhaid i'r offeryn ddod o hyd i'r PERSON. Yn y diwedd, llwyddodd hi i'w berswadio drwy ddeud bod plant cerddorol yn gneud yn well mewn mathemateg ac yn cael gwell swyddi.

Hanner awr yn ddiweddarach roeddan ni yn y siop gerddoriaeth yn y dre yn dewis offeryn.

Fy mlaenoriaeth i wrth ddewis offeryn oedd ei fod o'n gneud i mi edrych yn CŴL. Mi welais i hogyn yng ngholeg Mam yn chwara'r gitâr tu allan i'r Llyfrgell, ac roedd o'n BENDANT wedi'i dallt hi.

Yn anffodus, dydy'r gitâr ddim yn un o offerynna cerddorfa'r ysgol. Felly roedd yn rhaid i mi ddewis rhwbath arall.

Ro'n i â fy llygad ar y sacsoffon, achos dydy hi DDIM yn anodd edrych yn cŵl efo un o'r rheiny. Dwi 'di dysgu hynny gan Dewi Vaughan, sy'n ymarfer bob amser egwyl.

Ond mae 'na LAWER gormod o fotyma arno fo, ac ro'n i'n gwybod na fyddwn i byth yn llwyddo.

Awgrymodd Mam y corn Ffrengig gan ei bod HI'n arfer ei chwara pan oedd hi'n fach. Roedd o'n edrych yn ddigon cŵl a dim ond tri botwm oedd arno fo, felly ro'n i'n siŵr y gallwn i ei feistroli.

Estynnodd y siopwr y corn Ffrengig oddi ar y silff a'i roi i mi. Ond pan welodd Dad y pris, mi aeth i banig yn syth.

Awgrymodd Dad y dylan ni RENTU, gan y bydda'n llawer rhatach. Ond roedd pob offeryn rhent wedi cael ei DDEFNYDDIO gan rywun o'r blaen.

Joshua Bullard oedd yn chwara'r corn Ffrengig yng ngherddorfa'r ysgol llynedd, ac roedd yna siawns mai FO oedd y dwytha i fod wedi rhentu'r offeryn.

Dechreuodd Mam a Dad ddadla o flaen pawb a chodi cwilydd arna i. Roedd Dad yn erbyn gwario llwyth o bres ar rwbath y byddwn i 'di colli diddordeb ynddo fo o fewn pythefnos, ac mi ddudodd Mam wrtho fo am ddangos mwy o FFYDD yndda i.

Yn y pen draw, mi ildiodd Dad. Ond cyn iddo fo dalu efo'i gerdyn credyd mi wnaeth i mi addo y byddwn i'n ymarfer bob nos.

Gobeithio bod y peth 'ma mor hawdd â'i olwg. Achos dwi'n mynd i lawer o drafferth dim ond i gael gwahoddiad i barti Calan Gaeaf.

Dydd Mawrth
Mi ddylwn i fod wedi meddwl yn fwy gofalus wrth ddewis offeryn. Ro'n i'n meddwl mwy am DDELWEDD, ond mae 'na ystyriaetha ERAILL hefyd.

Mi ges i lot o drafferth cario'r corn Ffrengig i'r ysgol heddiw, achos mae'r CÊS yn pwyso bron cymaint â'r offeryn ei hun. Ond pan welis i Harri Lloyd yn llusgo ei offeryn o, ro'n i'n teimlo'n WELL.

LLUSGO

Mae pawb yn deud mai Greta Mai ydy un o genod clyfra ein blwyddyn ni, ac mae'n hawdd gweld pam. Mae hi'n chwara'r picolo, felly dydy hi'm yn gwastraffu egni yn llusgo offeryn trwm o gwmpas.

Dwi'n meddwl bod Alun Meurig hyd yn oed yn glyfrach na HI. Mae o'n chwara'r timpani, ac mae'r rheinyn rhy fawr i'w cario adra bob nos, felly maen nhw'n aros yn yr adran Gerdd.

Un peth na wnes i erioed sylwi arno fo o'r blaen ydy bod y rhan fwya o'r plant yn y gerddorfa yn EDRYCH yn debyg i'w hofferynna. Wn i ddim ydyn nhw'n gneud hynny'n fwriadol ynta dim ond cyd-ddigwyddiad ydy o.

Y peth gora am y gerddorfa ydy nad oes 'na glyweliad na dim. Os wyt ti'n prynu offeryn ac yn mynd i'r ymarfer, mi gei di le.

Ond do'n im 'di ystyried popeth yn ddigon gofalus pan ddewisais i fy offeryn. Mae'r corn Ffrengig yn yr adran bres, a HOGYN ydy bron pawb yn yr adran bres.

Mae'r adran chwythbrennau yn gwbl wahanol. GENOD sy'n fan'no i gyd oni bai am lond dwrn o hogia, yn cynnwys Roli. Pam na fasa fo 'di deud hynny wrtha i, dwn i ddim, achos basa'r wybodaeth honno 'di bod yn ddefnyddiol.

Falla bod Roli heb ddeud wrtha i'n FWRIADOL rhag i mi fod yn gystadleuaeth iddo fo.

Mi sylwais ei fod o'n isda drws nesa i Marian Morris,
a choelia di fi, nid damwain ydy hynny.

Pan ddechreuodd yr ymarfer, mi ddudodd Mrs
Graziano wrthon ni am ddechra cynhesu. A dyna
pryd cofiais i mai fy nghas sŵn yn y byd i gyd
ydy sŵn plant yn ymarfer eu hofferynna.

Ond doedd dim ots gan Mrs Garziano. Mae hi'n
ymddeol 'leni, a dwi'n meddwl ei bod hi eisoes wedi
rhyw hanner-ymddeol.

Mi wnes i isda nesa at Efan Prys, yr unig un arall sy'n chwara'r corn Ffrengig, ac roedd o'n edrych fel tasa fo'n dallt be oedd o'n ei wneud. Ond roedd ei wylio fo'n symud ei fysedd wedi gneud i mi sylweddoli fod hyn yn llawer mwy cymhleth nag o'n i 'di'i feddwl. Mi rois i gynnig arni beth bynnag.

Mi lenwais i fy mocha efo aer yn union fel Efan, a chwythu mor galed ag y gallwn i i'r offeryn. Ond daeth yr aer allan o rwla annisgwyl iawn.

Gynted ag y digwyddodd o, mi REWODD pawb yn y gerddorfa. Dechreuodd Jac Emlyn sniffian i weld pwy oedd yn gyfrifol, achos mae ganddo fo dalent am betha rhyfedd.

Ond un peth y dylet ti ei wybod amdana i ydy na wna i BYTH gyfadda 'mod i 'di taro rhech. Mi faswn i hyd yn oed yn beio fy mam fy hun cyn hynny, a choelia di fi, dwi 'di gneud.

Roedd y plant yn y gerddorfa yn dechra sbio i 'nghyfeiriad i. Ro'n i'n chwysu, achos ro'n i bron â marw isio gwahoddiad i barti Calan Gaeaf Marian Morris, ac mi alla hyn sbwylio popeth.

Roedd Jac Emlyn yn dod yn nes ac yn nes, ac ro'n i'n gwybod mai dim ond rhai eiliada oedd gen i i osgoi cael y bai.

Felly mi wnes i be roedd yn RHAID i mi, a rhoi'r bai ar Harri Lloyd.

Do'n i'm yn teimlo'n RHY wael achos mae gan Harri enw gwael am rechan yn y dosbarth. Felly y cwbl oedd hyn oedd cosb am un o'r adega hynny pan na chafodd o ei ddal.

Dydd Iau

'Swn i wrth fy modd troi'r cloc yn ôl a dewis offeryn arall, achos mae'r corn Ffrengig yn hunllef.

Soniodd y dyn yn y siop ddim byd bod y corn Ffrengig yn offeryn llaw CHWITH, a llaw DDE ydw i.

Ro'n i'n meddwl y basa hi'n hawdd efo dim ond tri botwm, ond dydy fy llaw chwith i ddim digon cry i'w pwyso nhw. Hefyd, mae'r darn chwythu mor FYCHAN, a fedra i'm cael aer i fynd drwyddo fo. Dwi dal heb fedru gwasgu UNRHYW sŵn tebyg i nodyn ohono fo.

Yn anffodus, dwi mewn cyfyng gyngor efo DAD. Mae o isio 'nghlywed i'n ymarfer bob nos, fel y gwnes i addo.

Yn lwcus, dwi 'di dod o hyd i glipia fideo ar-lein o hogan yn ei harddega yn ymarfer ei chorn Ffrengig HI. Ac mae'r rheiny'n gneud y tro, am rŵan.

Falla mai gwastraff amser llwyr ydy'r busnes offeryn cerdd 'ma beth bynnag. Dydy Marian ddim 'di gwahodd pawb o'r gerddorfa i'w pharti hi nos fory, dim ond yr adran CHWYTHBRENNAU.

Mae hynny'n golygu nad oes 'na wahoddiad i rywun sy'n chwara offeryn pres. Ond falla bod 'na FYMRYN o obaith. Gan fod Roli yn yr adran chwythbrennau, os ydy O'n mynd, mi alla i fynd efo fo.

Ond fedra i ddim jesd landio yno efo Roli, neu mi wnân nhw wrthod mynediad i mi wrth y drws.

Felly dwi 'di meddwl am ffordd. Os gwna i fy hun yn rhan o WISG Roli, yna lle bynnag y bydd o'n mynd, mi fydda i'n gorfod mynd hefyd. Dyna sut y ces i'r syniad o fynd wedi ein gwisgo fel anghenfil deuben.

Ar y ffordd yn ôl o'r ysgol, mi ddudis i bob dim wrth Roli am y cynllun.

Ond roedd Roli isio mynd i'r parti fel "gwrach gyfeillgar", ac roedd ei fam o eisoes yn gweithio ar ei wisg.

Ti'n gweld, dyma'n UNION pam mae Roli angen i mi fynd efo fo.

Mi ddudis i wrth Roli tasa fo'n mynd i'r parti wedi gwisgo fel gwrach na fasa fo'n clywed ei diwedd hi'n yr ysgol. Dechreuodd o boeni ac felly mi wnaeth o ailfeddwl a chytuno i'r syniad o fynd fel anghenfil-deuben.

Felly heno mi ddechreuon ni greu'r wisg o hen gynfasa gwely y des i o hyd iddyn nhw yn y cwpwrdd crasu. Pan ddaeth Mam adra o'r coleg mi sylweddolais i y dylwn i fod wedi gofyn caniatâd cyn eu torri nhw. Ond roedd hi'n andros o falch 'mod i a Roli yn CREU rhwbath yn hytrach na chwara gemau fideo.

Mi ddudis i wrthi ein bod ni'n creu gwisg anghenfil-deuben, ac roedd hi'n meddwl ei fod o'n syniad GWYCH ar gyfer noson Calan Gaeaf.

Yr eiliad y dudis i wrthi mai gwisg ar gyfer parti Calan Gaeaf Marian Morris oedd hi, ro'n i'n difaru agor fy hen geg fawr. Fel dudis i cynt, roedd PAWB yn y dre wedi clywed am yr helynt a fuodd yn y parti llynedd.

Ond roedd Mam yn gefnogol i'r syniad. Mi ddudodd hi bod y parti yn gyfle i "gymdeithasu" ac ehangu ein "criw ffrindia". Mi wnaeth hi gynnig rhoi LIFFT i ni yno hyd yn oed.

Dwi'n andros o falch na wnaeth hi awgrymu ychwanegu pen arall i'r wisg, achos coelia di fi, dyna'r UNION beth y basa hi'n ei wneud.

163

Calan Gaeaf

Mi gymerodd hi amser hir i ni gyrraedd tŷ Marian
heno gan fod y stryd yn llawn o blant bach yn
chwara tric-neu-trît.

Ro'n i'n FALCH ein bod ni fymryn yn hwyr,
achos mi fasa bod yno ar amser 'di gneud i ni
ymddangos yn rhy awyddus. Pan gyrhaeddon ni
dŷ Marian, mi ddiolchais i Mam am y lifft a deud
wrthi beidio dod i'n nôl ni tan ddiwedd y parti am
11 o'r gloch.

Diffoddodd Mam yr injan, mynd i gefn y car ac
estyn bagia o'no.

Pan ofynnais iddi hi be oedd hi'n ei wneud, mi ddudodd ei bod hi'n dod i mewn i gyflwyno'i hun i Mr a Mrs Morris.

Mi wnes i YMBIL ar Mam i beidio, ond pan mae hi wedi rhoi ei bryd ar rwbath, does dim troi arni.

Canodd hi gloch y drws, ond wnaeth neb ateb. Roeddan ni'n clywed sŵn cerddoriaeth uchel yn dod o'r seler, felly agorodd Mam y drws a mynd i mewn.

Roedd Mr a Mrs Morris ar y soffa yn gwylio ffilm arswyd, a ddangoson nhw'm llawer o ddiddordeb mewn sgwrsio efo Mam.

Gofynnodd Mam gâi hi fynd i lawr i'r seler i gael golwg ar y parti, ac mi gytunon nhw.

Rŵan ro'n i'n nerfus IAWN. Agorodd Mam y drws i'r seler a gneud ei ffordd i lawr, a'r cwbl y gallwn i a Roli ei wneud oedd ei dilyn hi. Roedd 'na lwyth o blant yno'n barod, ac roeddan nhw'n edrych fel tasan nhw'n cael modd i fyw.

Ond pan welodd pawb Mam, mi rewon nhw i gyd yn yr unfan.

Tynnodd Mam ambell gêm Calan Gaeaf o'i bag, ac mi es i i deimlo'n swp sâl. Mi ddylwn i fod wedi dyfalu be oedd ei bwriad hi pan welais i hi'n darllen rhifyn mis Hydref o gylchgrawn "Trafod Teulu" neithiwr.

Ar ôl i bawb weld gemau parti Mam, ro'n i'n credu y basan nhw'n eu hanwybyddu ac yn ailymuno â'r hwyl. Ond yna digwyddodd rhwbath GWALLGO.

Mi ddechreuodd criw o genod HELPU Mam efo'r gemau.

O hynny ymlaen, Mam oedd yn rhedeg y sioe. Gwahoddodd hi bawb i gymryd rhan yn y gemau Calan Gaeaf plentynnaidd. Ro'n i'n meddwl y baswn i'n marw o gwilydd, ond roedd pawb yn cymryd rhan ac yn cael amser da.

Dwi'n meddwl mai Roli oedd yn cael y MWYA o hwyl. Ei hoff gêm o oedd yr un lle rwyt ti'n byta donyt sydd ar linyn, a fo oedd yn dal y record am fwyta pump mewn tri deg eiliad.

Unwaith y gwnes i sylweddoli bod pawb yn mwynhau, mi wnes i ymlacio 'chydig. Mi wnes I chwara ambell gêm hyd yn oed. Mi enillais i a Roli'r gêm Pinio Bŵ ar yr Ysbryd, a rhaid i mi gyfadda ein bod ni'n gneud tîm da iawn.

A deud y gwir, mi enillon ni SAWL gêm. Ond roeddan ni'n anobeithiol yn Taflu'r Bwmpen Fach, ond fedri dim bod yn wych ym MHOPETH.

Ar ôl gorffen y gemau, cododd rhywun lefel y gerddoriaeth, a dyna pryd dechreuodd y parti go iawn. Roedd hi 'chydig yn anodd dawnsio a finna'n sownd yn Roli, ond mi wnes i bob ymdrech i ddangos fy symudiada gora.

Rhaid i mi ddeud, roedd o'n barti GWYCH. Yr unig blant oedd DDIM yn cael hwyl oedd llond dwrn o hogia. Ond do'n i'm yn mynd i adael i 'chydig o wyneba lemwn ddifetha fy hwyl i.

Pan oedd y parti'n bywiogi mi ddudodd Roli wrtha i ei fod o isio mynd i'r tŷ bach. Pan whaethon ni greu'r wisg whaethon ni'm CYNLLUNIO ar gyfer problem fel honno.

Doedd 'na'm sip na dim byd, felly'r unig ffordd o ddod allan o'r wisg oedd drwy ei thorri. Ond doedd 'run ohonon ni'n gwisgo trowsus o dan y wisg, felly doeddan ni'm am wneud HYNNY.

Ro'n i wedi RHYBUDDIO Roli ers dechra'r parti i beidio yfed gormod o ddiod ffrwytha, ond ddaru o'm gwrando wrth gwrs.

Mi benderfynais i y basa'n rhaid iddo fo ddisgwyl nes cyrraedd adra. Felly mi driais i ailgydio yn yr hwyl, ond roedd Roli yn ei gneud hi'n amhosib i mi fwynhau fy hun.

Oherwydd yr olwg ar wyneb Roli, roedd Mam wedi sylweddoli be oedd yn bod, ac mi ddudodd ei bod hi'n bryd i ni "hel ein petha" a'i throi hi am adra.

Ro'n i'n GYNDDEIRIOG. Roedd y parti yn ei anterth ac roeddan ni'n gorfod gadael am fod Roli isio pî-pî.

Mae'n well gadael parti llawn bywyd yn hytrach nag un sydd wedi chwythu ei blwc, medda Mam. Rwyt ti'n edrych yn CŴL drwy roi'r argraff dy fod ti'n gadael i fynd i wneud rwbath gwell.

Dwi'm yn gwybod be sy'n well na threulio amser efo Marian Morris, ond roedd Mam yn fy ngwthio i fyny'r grisia.

Pan oeddan ni'n gadael, ro'n i'n teimlo'n ddigalon. Ond roedd Mam ar ben ei digon.

MIS TACHWEDD

<u>Dydd Iau</u>

Mae Marian a'i ffrindia wedi bod yn brolio'r parti drwy'r wythnos, ac wedi bod yn deud cymaint o hwyl oedd Mam. Dwi'm yn gwybod sut i deimlo am hynny, ond o leia maen nhw'n deud petha neis amdani.

Dwi 'di colli diddordeb yn y gerddorfa, ac nid DIM OND oherwydd bod y parti wedi bod erbyn hyn. Pan gyrhaeddais i'r ysgol ddydd Llun mi ddechreuodd yr hogia yn yr adran chwythbrennau roi amser caled i mi.

Ac nid dim ond yr hogia MAWR chwaith. Mae Jac Emlyn wedi bod wrthi hefyd.

Pan ddudis i wrth Mam a Dad 'mod i'n meddwl rhoi'r gora i'r gerddorfa, mi ddudodd Dad nad oedd hynny'n opsiwn. Mae fy offeryn i wedi costio lot o bres ac felly rhaid i mi gadw at fy "addewid".

Yn ôl Dad, fedra i ddim rhoi'r gora i rwbath gan ei fod o'n ANODD, ac os ydy o am ddysgu rhwbath i mi, yna DYFALBARHAD ydy hwnnw.

Ro'n i'n gallu deud nad oedd 'nam troi ar Dad, felly mi wnes i addo y baswn i'n dal i drio. Roedd o'n eitha bodlon efo'r ateb hwnnw, ac ro'n i'n meddwl y baswn i'n cael llonydd.

Yna mi ddudodd ei fod o am ddod i 'nghefnogi i Gyngerdd Mawr yr Hydref. Ond mae'r cyngerdd yn ystod y dydd, felly fydd hi'm yn BOSIB iddo fo ddod. Mae Dad am gymryd amser o'r gwaith gan fod y cyngerdd yn bwysig, medda fo.

Felly mae 'na bwysa MAWR arna i. Dwi 'di bod yn trio 'ngora i ddysgu sut i chwara'r peth 'ma, ond dydy hi'm yn hawdd.

Mi ofynnais i Roli ddod draw i fy helpu i heno, achos mae o 'di bod yn y gerddorfa ers sbel ac yn gwybod ambell beth am offerynna. Ond bob tro mae'r ddau ohonan ni mewn stafell efo'n gilydd, mae'n meddylia ni'n crwydro.

Roedd Dad yn wyllt gacwn. Y cwbl dwi a Roli yn
ei wneud efo'n gilydd ydy chwara'n wirion, medda fo.
Mi wnaeth o anfon Roli adra a deud wrtha i am
fynd yn ôl i ymarfer. Ond mi roddodd hyd yn oed
y ferch yn y fideo y gora i drio dysgu chwara'r corn
Ffrengig, felly dwi WIR ar fy mhen fy hun.

Dydd Mercher

Heddiw oedd diwrnod Cyngerdd Mawr yr Hydref.
Doedd gen i'm syniad sut i chwara'r offeryn, ond mi
oedd gen i GYNLLUN.

Dwi'n isda drws nesa i Efan Prys yn yr ymarferion,
ac mae o'n gallu chwara'r corn Ffrengig yn wych.
Felly ro'n i am isda'n agosach ato fo a CHOGIO
'mod i'n chwara, a fydda neb DDIM callach.

Dyna dwi 'di bod yn ei wneud ers pythefnos. Ac os nad ydy Mrs Graziano wedi sylwi a hitha lai na 10 troedfedd i ffwrdd, yna fydda DAD byth yn sylwi ac ynta ochr arall y stafell.

Ddeg munud cyn dechra'r cyngerdd, roedd Efan dal heb gyrraedd. Gofynnais i'w ffrind, Rhodri Pugh, lle'r oedd o, ac mi ddudodd Rhodri fod Efan yn cael tynnu'r bresys oddi ar ei ddannedd heddiw ac na fydda fo yn y cyngerdd.

Fedrwn i'm COELIO bod Efan wedi 'ngadael i yn y fath gawl. Ro'n i'n meddwl bod aeloda'r adran bres i fod i gadw CEFNA'i gilydd.

Pan ddaeth hi'n amser i'r gerddorfa ddechra cynhesu, mi ddechreuais i CHWYSU.

Ro'n i'n gweddïo y basa Dad wedi anghofio am
Gyngerdd Mawr yr Hydref, ond roedd o yno.

Ar ôl i'r gynulleidfa isda, daeth hi'n amser mynd ar
y llwyfan. Arweiniodd Mrs Garziano ni mewn llinell
daclus, a'r adran bres oedd yr ola ond un.

Roedd yr adran chwythbrennau y tu ôl i ni ac mi
gamodd y twpsyn Jac Emlyn ar gefn fy esgid, nes
y daeth hi bron i ffwrdd.

Roedd yn rhaid i mi roi'r corn i lawr er mwyn ailwisgo'r esgid yn iawn, a phan wnes i hynny mi gaeodd aelod ola'r adran chwythbrennau y drws i'r llwyfan ar ei ôl.

Mi driais i agor y drws ond roedd o dan GLO, felly mi gurais i ar y ffenest. Ond roedd pawb wrthi'n tiwnio eu hofferynna ac yn methu fy nghlywed i.

Roedd y cyngerdd ar fin dechra, a'r cwbl y gallwn i feddwl amdano oedd Dad yn edrych ar gadair wag ar y llwyfan. Felly mi gurais i'n UWCH.

Yn lwcus, mi welodd Roli fi, codi o'i gadair, ac agor y drws. Ond yna mi gamodd ynta i MEWN i'r stafell ac mi gaeodd y drws y TU ÔL iddo fo.

Rŵan roedd y DDAU ohonon ni'n sownd. Mi gurais i ar y gwydr eto, ond yr eiliad honno dechreuodd Mrs Graziano arwain y gerddorfa a dechreuodd pawb chwara. Erbyn hyn doedd DIM GOBAITH, achos doedd 'na neb am fy nghlywed i tra bod Alun Meurig yn bangio'r timpani.

Pan ddechreuodd y clarinetau chwara, aeth Roli i BANIG. Dechreuodd o gydchwara efo gweddill y gerddorfa, a doedd hynny'n BENDANT ddim yn helpu.

Roedd hi'n gwbl amlwg mai fi fydda'n gorfod dod o hyd i ffordd o ddianc. Mi driais i rwygo'r drws yn agored gan roi fy nhroed ar y wal a thynnu efo fy holl nerth ar y ddolen. Ond mi fethodd fy nhrowsus i â dal y straen.

Mi edrychais i yn y drych ar y wal i weld y difrod, ac roedd 'na rwyg 5 modfedd o hyd i lawr canol fy nhrowsus i. Ac yn anffodus, roedd hi'n bosib gweld fy nhrôns i.

Hyd yn oed tasan ni'n llwyddo i agor y drws, fedrwn i'm mynd allan yna efo TWLL anferth yn fy nhrowsus. Mi chwiliais i o gwmpas y stafell i weld oedd 'na rwbath y gallwn i ei ddefnyddio i guddio'r rhwyg. Des i o hyd i ffeil ddu ar ddesg Mrs Graziano, ac mi sdwffiais i honno i lawr cefn fy nhrowsus.

Mi lwyddodd y ffeil i guddio'r twll yn go dda,
ac o bell fydda neb ddim callach. Ond roedd o'n
GALED, a fedrwn i'm isda i LAWR. Felly mi fu'n
rhaid i mi ei dynnu fo o'na a dechra meddwl am
syniad arall.

Yna, datrysiad. Mi afaelais i mewn marciwr bwrdd
gwyn oedd ar ddesg Mrs Graziano a deud wrth
Roli am liwio'r rhan o fy nhrôns i oedd yn y golwg.
Drwy wneud hynny, fydda neb ddim callach bod fy
nhrowsus i wedi rhwygo.

Yn anffodus, dyna pryd cerddodd DAD drwy'r
drws. Dwn i'm be oedd yn mynd drwy'i feddwl O,
ond mae gen i SYNIAD.

<u>Dydd Iau</u>

Dim ots sawl gwaith dwi 'di trio i egluro i Dad be ddigwyddodd yng Nghyngerdd Mawr yr Hydref, dydy o'm isio clywed. Mi ddudodd 'mod i a Rolì'n cadw reiat pan ddylan ni fod yn chwara efo'r gerddorfa, ac nad oes mwy i'w ddeud.

Fy nghosb i ydy pythefnos heb deledu na gemau fideo, a does gen i'm hawl cael ffrindia draw ar ôl ysgol. Yr unig beth dwi'n CAEL ei wneud ydy ymarfer y corn Ffrengig, sy'n gneud synnwyr fel cosb siŵr o fod.

Ond mae ymarfer y peth 'na yn achosi straen i mi, ac mae straen yn fy ngneud i'n LLWGLYD. Fel arfer mae gen i lond cas gobennydd o fferins yr adeg yma o'r flwyddyn, ond gan 'mod i 'di mynd i'r parti yn hytrach na chwara tric-neu-trît 'leni, does gen i'm byd yn nunlla.

Ro'n i'n gwybod bod 'na fferins yn rhwla yn y tŷ, achos ar noson Calan Gaeaf roedd y gwyddau wedi dychryn y plant oedd yn chwara tric-neu-trît, yn ôl Dad.

Felly ar ôl ysgol heddiw mi fuis i'n chwilio yn y llefydd ro'n i'n meddwl y basa Mam wedi cuddio'r fferins, ond heb lwc. Ro'n i'n YSU am rwbath melys, ond yr unig beth yn y cwpwrdd oedd bag o ddarna-bach-siocled roedd Mam wedi'n rhybuddio ni i beidio'u cyffwrdd.

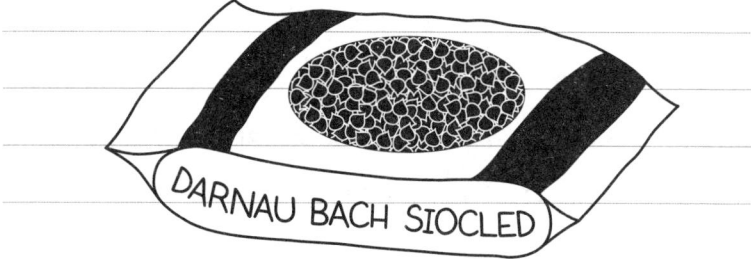

Dwi'n meddwl ei bod hi'n bwriadu gneud cwcis darnau-bach-siocled ar gyfer Ffair yr Eglwys. Ond fasa hi'm yn sylwi tasa na UN darn bach ar goll, fasa hi?

Felly mi es i nôl siswrn a thorri twll bychan maint darn-bach-siocled yng ngwaelod y bag. Wel, mi aeth un darn yn ddau, a dau yn BEDWAR. Ac wedyn mi gollais i arnaf fy hun yn lân.

Pan o'n i 'di gorffen, mae'n rhaid 'mod i 'di byta chwarter y bag. Ro'n i'n meddwl bod 'na siawns o hyd na fasa Mam yn sylwi, ond roedd y twll yn y bag wedi mynd yn llawer MWY, ac roedd angen i mi drio cuddio hynny.

Felly mi es i drwy'r droria yn trio dod o hyd i styffylwr.

Ond cyn i mi gael cyfle i'w DDEFNYDDIO fo, mi rwygodd gwaelod y bag.

Mi wnes i styffylu'r bag ynghau a thrio codi cymaint o ddarna-bach siocled oddi ar y llawr ag y medrwn i. Ond fedrwn i'm helpu fy hun, a ddychwelodd llawer ohonyn nhw ddim i'r bag.

Roedd Mam yn SIŴR o sylwi rŵan. Ro'n i mewn digon o drwbwl yn barod, do'n i'm angen bod mewn rhagor. Felly mi ffoniais i Roli i ddod i fy helpu.

Esboniais i'r sefyllfa, ac iddo fo ddod â chymaint o ddarna-bach-siocled ag y galla fo yma ar unwaith.

Roedd Roli wrth y drws bum munud yn ddiweddarach, allan o wynt yn lân. Mi ddudodd y basa fo wedi cyrraedd yn GYNT oni bai am y gwyddau ar y stryd, a'i fod o 'di gorfod rhedeg drwy ardd gefn y cymdogion i'w hosgoi nhw.

Gofynnais i Roli am y darna-bach-siocled, ac mi agorodd ei ddwylo. Roeddan nhw 'di TODDI'n llwyr.

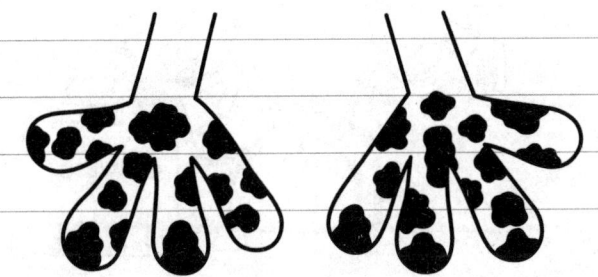

Mi ddudis i wrth Roli am fynd adra i nôl CHWANEG, ond doedd ganddyn nhw ddim mwy yn y tŷ. Awgrymodd y galla fo ffonio Siencyn Davies sy'n byw lawr y stryd i weld os oedd ganddo FO ddarna-bach-siocled, ac roedd hynny'n swnio'n gynllun da i mi.

Ond pan gododd Roli'r ffôn, mi sylwais ei fod o'n gadael ôl bysedd siocled ym MHOBMAN.

Ro'n i'n gwybod, tasa Dad yn dod o hyd i ôl UN o fysedd Roli yn y gegin na fasa 'mywyd i werth ei fyw. Felly mi afaelon ni mewn tywelion papur a dechra llnau'r gegin i gyd.

Pan nad oedd gynnon ni ragor o dywelion papur, mi es i i'r stafell golchi dillad i nôl chwaneg. Ac yno, mi wnes i ddarganfyddiad PWYSIG.

Roedd cyflenwad Mam o fferins Calan Gaeaf wedi'u cuddio yno tu ôl i'r roliau o dywelion papur.

Roedd 'na bump o fagia heb eu hagor, a fy hoff fferins i oeddan nhw i GYD.

MWYDOD MELYS

Meddyliais roi ambell becyn o'r mwydod melys i Roli am fy helpu i llnau. Ond fedrwn i'm peidio cymryd y cyfle i chwara tric arno fo'n gynta.

Ro'n i'n meddwl y basa Roli'n chwerthin, ond roedd o wedi dychryn yn OFNADWY. Hyd yn oed AR ÔL i mi ddangos iddo fo mai fferins oedd y mwydod, roedd o'n crynu i gyd.

Dyna pryd ces i syniad. Mae pobl yn MWYNHAU cael eu dychryn, ac os wyt ti'n un da am godi ofn, galli di wneud FFORTIWN. Fedrith o'm bod mor anodd a hynny. Mae Ginni Ovan yn gyfoethog, a dydy o ddim yn BODOLI.

Dwi 'di clywed am griw o fyfyrwyr yn creu ffilm arswyd, a warion nhw ond 'chydig gannoedd yn ei ffilmio hi. Wedyn mi werthon nhw'r ffilm i gwmni ffilmia mawr, a rŵan maen nhw FILIONÊRS.

Os llwyddon nhw, gallwn inna hefyd. Do'n i'm angen pres mawr, dim ond bag neu ddau o'r mwydod melys a hen gamera fideo Mam a Dad.

Roedd gen i syniad am boster yn barod.

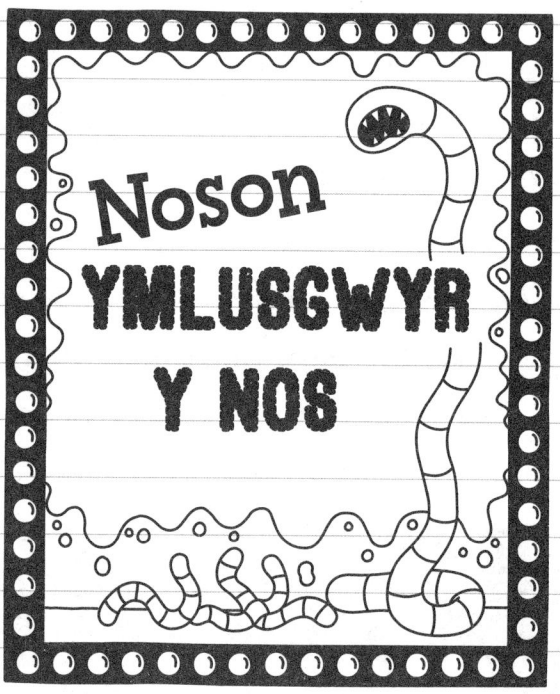

A phan fydd fy ffilm i'n ennill gwobr am y Ffilm Orau, dwi'n siŵr o gofio diolch i'r bobl hynny wnaeth fy helpu i ar y daith.

Y person fydd yn haeddu'r diolch MWYA fydd MAM. Hi ydy'r un sydd bob amser yn deud y dylwn i ddefnyddio fy nychymyg a gneud rhwbath creadigol, a phan fydda i'n gyfarwyddwr enwog dwi'n siŵr y bydd hi'n falch ohona i.

Ond cyn i HYNNY fedru digwydd, roedd angen i ni ddechra creu'r ffilm. Mi ddudis i fy syniad wrth Roli am bryfed genwair oedd yn byta pobl yn ymosod ar dref, ond aeth Roli'n nerfus i gyd. Mi fasa'n well ganddo fo gyfnewid y pryfed genwair am rwbath llai DYCHRYNLLYD, fel pili palas, medda fo.

Ond mi ddudis i wrtho fo na fydda 'na neb call yn talu arian da i weld ffilm FELLY. Awgrymais y galla 'na ranna digri fod yn y ffilm er mwyn cael AMRYWIAETH, ac mi gynhesodd at y syniad.

Roedd Roli isio dechra ffilmio yn y fan a'r lle, ond mi ddudis i wrtho fo bod yn rhaid i ni sgwennu SGRIPT yn gynta. Felly mi aethon ni at y cyfrifiadur yn fy llofft i a dechra ar y gwaith.

NOSON
YMLUSGWYR Y NOS

Ysgrifennwyd gan
Greg Heffley

Yn seiliedig ar syniad
gan Greg Heffley

Mi ddudodd Rowley ei fod O isio sgwennu hefyd, ond do'n i'm wir isio rhannu'r clod gan mai fy syniad I oedd hwn. Felly mi gafodd o fod yn gyfrifol am y byrdda stori, sef llunia bach sy'n dangos sut mae pob saethiad camera i fod i edrych.

Ro'n i'n meddwl y basa hi'n syniad da dechra'r ffilm efo cwpl priod ar ddiwrnod cyffredin CYN i'r mwydod ddechra ymosod.

GYDA'R NOS. Dyn yn dod adref o'i waith mewn hwyliau da, yn chwibanu tôn hapus. Mae'n agor y drws ac yn camu i'r gegin.

Ond roedd gynnon ni broblem yn syth. Ro'n i'n bwriadu cyfarwyddo, a Roli oedd yr unig actor. Roedd hynny'n golygu na fedran ni ddangos dau gymeriad ar y sgrin yr un pryd.

Y broblem arall oedd 'mod i ddim isio iddi fod yn rhy amlwg mai Roli oedd yn actio'r rhanna i gyd, neu mi fasa pobl yn meddwl mai hen ffilm rad oedd hi. Felly roedd angen i mi fod yn ddyfeisgar.

Haia, cariad. Dwi adra o'r gwaith.

GWRAIG

Haia, blodyn. Gobeithio nad oes ots
gen ti 'mod i ddim yn troi rownd,
ond dwi'n trio canolbwyntio ar
olchi'r llestri 'ma.

GŴR

Dim o gwbl. Dwi am fynd i'r
llofft i gael cawod.

GWRAIG

Ia wir, mi fedra i dy ogleuo
di o fama! (chwerthin)

Ro'n i'n meddwl bod gormod o ddeialog yn barod, felly roedd hi'n amser troi at ddigwyddiada.

YSTAFELL YMOLCHI. Dyn yn camu i'r gawod ac yn dechrau llif y dŵr.

GŴR

O waw! Mi fydd y gawod yma'n WYCH! Ac mae 'ngwraig i'n hollol iawn, dwi yn drewi.

Ond yna mae MWYDOD yn saethu allan o ben y gawod!

Beth yn y byd? Nid dŵr ydy hwn!

Ond MWYDOD!

Ond nid mwydod cyffredin yw'r rhain.

Dyma YMLUSGWYR Y NOS sy'n bwyta pobl.

GŴR

O grêt! Mae'r pethau yma

yn fy MWYTA i'n fyw!

Mwydod yn dod o lygad

a thrwyn y dyn.

Pan orffennodd Roli'r llun olaf, roedd o mor wyn ag ysbryd. Ond pan wnes i ei atgoffa fo mai dim ond fferins oedd y mwydod, daeth ato ei hun.

Y GEGIN. Mae'r dyn yn rhedeg
i'r ystafell efo tywel amdano.

GŴR
Cariad! Paid â defnyddio'r dŵr!
Mae o ...

Ond mae'n RHY HWYR. Dydy'r ddynes
yn ddim ond sgerbwd.

Roedd Roli mewn stad OFNADWY. Roedd yn rhaid i mi ei atgoffa mai dychmygol oedd hyn i gyd, a bod gynnon ni sgerbwd plastig i'w ddefnyddio yn yr olygfa. Ond roedd o'n sâl ac yn goranadlu.

Mi feddyliais mai dyma'r adeg i ychwanegu comedi, felly mi rois i linell o ddeialog yn y sgript, ac mi dawelodd hynny rywfaint ar Roli.

GŴR

Wel, mae hyn yn golygu fy
mod i'n sengl! (wincio)

Yna, roedd angen mynd yn ôl at y digwyddiada. Byddai'r olygfa nesa'n un WYCH.

Sylwa'r dyn fod y wedi'i amgylchynu'n gan ymlusgwyr y nos.

GŴR

O na! Dwi wedi fy amgylchynu! Gwell i mi ffonio'r HEDDLU!

Mae'r dyn yn gosod y ffôn wrth ei glust ac yn deialu 999.

GŴR

Helô, yr heddlu?

Dwi'n ffonio i riportio ...

Hei, BE YN Y ..?

Mae mwydyn yn cropian o'r ffôn i glust y dyn ac yna allan drwy'r llall.

GŴR

AIIEEEEEEE! (yn marw)

Ar ôl gorffen sgwennu'r olygfa yna, mi sylweddolais ein bod ni'n gweithio'n rhy ara deg. Hefyd, roedd 'na rai golygfeydd fyddai'n anodd eu saethu, fel y frwydr rhwng y maer a Brenin 500 Troedfedd Ymlusgwyr y Nos ar ddiwedd y ffilm, ac roedd angen meddwl.

Gan nad oeddan ni am orffen y ffilm mewn diwrnod, mi wnes i benderfynu y basa'n well i ni ffilmio'r golygfeydd roeddan ni newydd eu sgwennu.

Mi ddes i o hyd i hen gamera fideo Mam a Dad yng nghefn cwpwrdd dillad Mam, ac yn lwcus roedd 'na ffilm ynddo fo. Mi wnaethon ni fenthyg dillad o gwpwrdd Dad ar gyfer gwisg gynta Roli, ac er bod y trowsus 'chydig yn rhy hir, roeddan nhw'n ffitio fwy neu lai.

Mi saethon ni'r olygfa agoriadol, ac mi gymerodd hi deirgwaith yn hirach nag y dyla hi achos bod Roli yn cael trafferth cofio'i eiria.

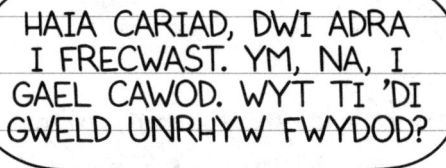

HAIA CARIAD, DWI ADRA I FRECWAST. YM, NA, I GAEL CAWOD. WYT TI 'DI GWELD UNRHYW FWYDOD?

DACIA!

Ar ôl hynny roedd hi'n amser i ni ffilmio Roli fel gwraig y dyn.

Doedd Roli ddim yn teimlo'n gyfforddus yn gwisgo un o ffrogia Mam, felly mi setlon ni ar drowsus ioga. Doedd gynnon ni'm wig, felly gwisgodd Roli hwdi i guddio'i ben.

Doedd o'm fel ro'n i 'di'i ddychmygu, ond weithia rhaid cnoi tafod er mwyn gallu symud mlaen.

Ar ôl gorffen ffilmio yn y gegin, mi aethon ni i fyny i ffilmio golygfeydd y stafell molchi. Doedd Roli ddim isio gwlychu ei wallt, felly mi wisgodd gap cawod y daethon ni o hyd iddo fo o dan y sinc. Mi ddes i o hyd i siorts nofio Dad yn un o'r droria dillad, ac mi wisgodd Roli hwnnw a mynd i'r gawod.

Roedd yr olygfa yn y gawod yn LLAWER anoddach i'w ffilmio nag ro'n i 'di'i ddychmygu. Roedd yn rhaid i mi ffilmio Roli o'i ganol i fyny er mwyn cuddio'r ffaith ei fod o'n gwisgo siorts nofio. Ond do'n i chwaith heb feddwl sut ro'n i am wneud iddi ymddangos fel bod mwydod yn dod allan o ben y gawod, a doedd dim byd yn edrych yn iawn.

Yn y pen draw, mi benderfynais i daflu mwydod at wyneb Roli. Gobeithio y bydd o'n edrych yn realistig pan fydd o 'di cael ei olygu i gyd.

Ro'n i 'di methu darganfod lle roedd Mam yn cadw'r lliw bwyd, felly sos coch oedd y gwaed. Roedd o 'chydig yn rhy drwchus, ond mi wnaeth y tro yn iawn.

Ar ôl gorffen yn y stafell molchi, roedd hi'n amser mynd yn ôl i'r gegin. Mi saethon ni olygfa'r sgerbwd yn go handi, ac roedd yr hwdi wedi gweithio'n dda hefyd.

Erbyn hyn roedd hi'n dechra mynd yn hwyr, ac ro'n i'n poeni na fasan ni'n gorffen ffilmio'r golygfeydd cyn i Mam a Dad ddod adra. Felly mi aethon ni allan ar frys a dechra taflu'r mwydod melys ar hyd a lled yr ardd.

Ond do'n i'm yn hapus efo'r olygfa. Doedd 'na'm digon o fwydod i greu awyrgylch arswydus.

Mi wnes i benderfynu y basa'n rhaid i ni agor bag arall o fwydod melys er mwyn i'r olygfa fod yn llwyddiannus. Ond pan es i i'r stafell golchi dillad, mi ges i syrpreis a hanner.

Ro'n i wrthi'n trio meddwl be i'w wneud am y mochyn pan glywais i Roli'n sgrechian yn y gegin. Felly mi redais i allan i weld be oedd yn bod.

Roedd haid o wyddau yn GWLEDDA ar y mwydod melys, felly agorais i'r drws cefn i drio'u dychryn nhw. Ond doeddan nhw'm am symud.

Ar ôl i'r gwyddau orffen byta'r mwydod melys, roeddan nhw isio RHAGOR. Mi gaeais i'r drws, ac mi guddiais i a Roli o dan fwrdd y gegin er mwyn trio meddwl be oeddan ni am ei wneud nesa.

Mi ddudis i wrth Roli mai'r unig sy'n codi ofn ar wyddau ydy ANIFEILIAID eraill. Ond cyn i mi fedru deud gair arall, roedd Roli yn y ffenest efo Llun-a-Llais Mani.

Erbyn hyn, roedd y gwyddau yn chocio'r ffenestri efo'u piga, ac roedd gen i ofn y basan nhw'n torri i MEWN os na fasan ni'n gneud rhwbath. A dyna pryd cofiais i am y mwgwd dychrynllyd o flaidd a wisgodd Rodric y tro dwytha y buodd o'n chwara tric-neu-trît, ac roedd o yn y seler o hyd.

Yr UNIG siawns oedd gynnon ni o ddychryn y gwyddau oedd y MWGWD yma.

Mi redais i a Roli i lawr i'r seler i chwilio am y mwgwd. Roedd yr hen wisgoedd Calan Gaeaf mewn bocs ar y bedwaredd silff, ac roedd angen dau go gryf i'w symud.

Mi es i ar ysgwydda Roli ac ymestyn am y bocs, ond WRTH wneud hynny, mi giciais i glôb eira oddi ar y silff. A phan ddigwyddodd HYNNY, dechreuodd y WRACH gecian.

Mi gydiais i yn y silff, ac mi ddisgynnodd yr holl silffoedd i'r llawr.

Ar ôl i bopeth lonyddu, roeddan ni'n lwcus ein bod ni'n FYW. Pan lwyddodd Roli i ddod yn rhydd, mi wibiodd fel bwled o'r seler, a dwi'n meddwl ei fod o wedi camu PEDAIR gris ar y tro.

Pan redodd o allan drwy'r drws ffrynt, wnaeth Roli ddim STOPIO. Mi ddringodd hanner ffordd i fyny'r goeden yn yr ardd, a dyna lle des i o hyd iddo fo, yn mwmblian geiria diystyr.

Mi driais ei berswadio fo i ddod i lawr, ond wnâi o'm symud. Felly mi es i nôl raced denis a pheli a thrio'i DARO fo i lawr, ond mi ddringodd yn UWCH.

Yn anffodus i mi, mi gyrhaeddodd Dad adra y foment honno.

<u>Dydd Mercher</u>

Mae wedi bod yn bythefnos digon gwallgo ers i mi a Roli greu ein ffilm. Dwi 'di bod yn rhy brysur i sgwennu yn fy nyddlyfr, achos mae Dad wedi 'ngorfodi i sortio a chadw popeth a ddisgynnodd oddi ar y silffoedd yn y seler.

Mi driais i esbonio i Dad mai trio creu ffilm oeddan ni ond bod petha wedi mynd o chwith, ond roedd o fel siarad efo wal. Ro'n i'n meddwl falla y basa Mam yn fodlon gwrando, ond mae'n debyg mai tâp o Mani yn cerdded am y tro cynta oedd yn y camera fideo, ac roeddan ni wedi recordio drosto fo.

Felly dwi'n sownd yn clirio'r llanast yn y seler, tra mae Roli'n gneud y mwya o'i enwogrwydd newydd. Daeth criw newyddion i ffilmio'r foment y llwyddodd y frigâd dân i'w gael o i lawr o'r goeden, ac mi welodd pawb yn y dre "ddrama achub Roli" ar eu sgrinia.

Dydy Roli heb fod yn ôl yn yr ysgol eto. Mae pob rhaglen radio a theledu ei isio fo fel gwestai.

Be sydd yn mynd dan fy nghroen i ydy'r ffaith nad ydy Roli wedi crybwyll fy enw i UNWAITH yn ystod y cyfweliada, er mai fi sydd wedi'i WNEUD o'n enwog. Ond y dyddia yma, mae o'n actio fel tasa'r byd yn troi o'i gwmpas o.

Dyna be mae enwogrwydd yn ei wneud i rywun, mae'n rhaid. Y cwbl dduda i ydy, weli di byth mohona I'n gneud ffŵl ohonof fy hun er mwyn i'r bobl adra gael chwerthin ar fy mhen i.

DIOLCHIADAU

Diolch i holl gefnogwyr Wimpy Kid am fy annog i ysgrifennu am Greg Heffley a'i deulu gwallgof. Diolch i'm teulu gwallgof a rhyfeddol innau am wneud yr un peth.

Diolch i Charlie Kochman am eistedd wrth fy ochr a'm hannog i weithio'n galed ac ysgrifennu'r llyfrau gorau y gallaf. Diolch i bawb yn Abrams, yn enwedig Michael Jacobs, Jason Wells, Veronica Wasserman, Chad W. Beckerman, Susan Van Metre, Robby Imfeld, Alison Gervais, Elisa Garcia, Samantha Hoback, Kim Ku, a Michael Clark.

Diolch i Shaelyn Germain ac Anna Cesary am yr holl gefnogaeth a gwaith caled. Diolch i Deb Sundin a'r staff yn An Unlikely Story am wneud y rhai sy'n caru llyfrau yn hapus bob dydd.

Diolch i Rich Carr ac Andrea Lucey am eich cefnogaeth a'ch cyfeillgarwch. Diolch i Paul Sennott ac Ike Williams am eich cyngor amhrisiadwy.

Diolch i Jess Brallier am fy nghefnogi flwyddyn ar ôl blwyddyn. Diolch i bawb yn Poptropica am eich cefnogaeth a'ch ysbrydoliaeth.

Diolch i Sylvie Rabineau a Keith Fleer am fy helpu i wneud synnwyr o'r byd ffilm a theledu. Diolch i bawb yn Hollywood sy'n gweithio i ddod â straeon newydd Wimpy Kid yn fyw, gan gynnwys Nina Jacobson, Brad Simpson, David Bowers, Elizabeth Gabler, Roland Poindexter, Ralph Milero, a Vanessa Morrison.

MWY AM YR AWDUR

Jeff Kinney yw awdur mwyaf poblogaidd y *New York Times* ac enillydd gwobr Hoff Lyfr y Kids' Choice Awards ar Nickelodeon ar chwe achlysur. Enwyd Jeff ymysg 100 Person Mwyaf Dylanwadol y Byd yng nghylchgrawn *Time*. Treuliodd ei blentyndod yn ardal Washington D.C. gan symud i New England, lle mae ef a'i wraig yn berchen ar siop lyfrau o'r enw An Unlikely Story.